AF416778

Éleveurs

Un roman Western

Richard G. Hole

Far West

SYNOPSIS

C'était un éleveur qui, dans un acte d'audace et de courage, sans crainte du lieu, des Indiens, du climat et de toutes les mésaventures, avait ouvert la route il y a deux ans.

Là, il avait lancé son bétail avec chance et succès, car il s'est débarrassé de tout son bétail et de là ils sont partis pour approvisionner les villes et les villages qui manquaient de viande et l'ont payée à bon prix.

Certains éleveurs, confrontés à la possibilité de se débarrasser de leur bétail en le vendant à un prix raisonnable, n'ont pas hésité à se jeter dans les vicissitudes de la route incertaine et dangereuse...

Éleveurs est une histoire appartenant à la collection Far West, une collection de romans développés dans le Far West américain.

ÉLEVEURS

CHAPITRE I

QUAND UN HOMME EST DANS LE BLOC...

C'était l'année 1870, une année mouvementée au Texas et encore plus à San Antonio, où tout le mouvement du bétail dans la région s'était concentré.

La route aux longues oreilles que Jesse Chisholm avait courageusement ouverte il y a deux ans, pour conduire les milliers de bovins dont personne ne savait quoi en faire à cause du désordre qui avait causé la fin de la guerre civile, battait son plein.

Les affaires dans ce qui fut le vaste et long théâtre de la guerre étaient presque paralysées, il n'y avait pas de marché favorable où placer le bétail ; Celles-ci s'étaient extraordinairement multipliées pendant la guerre et les éleveurs à moitié épuisés faisaient des efforts héroïques pour pouvoir placer leur bétail et aplanir leurs affaires appauvries par la guerre.

C'était Chisholm qui, dans un acte d'audace et de courage, sans crainte du lieu, des Indiens, du climat et de toutes les mésaventures, avait ouvert la route Abilene il y a deux ans et là il avait lancé son bétail avec chance et succès, parce qu'ils se sont débarrassés de tout leur bétail et de là ils sont partis approvisionner les villes et les villages qui manquaient de viande et la payaient à bon prix.

Lorsque la nouvelle a été connue, d'autres éleveurs l'avaient imité l'année suivante et comme San Antonio était le chef de la route, celle-ci était devenue un foyer de bétail, d'ouvriers et d'autres éléments qui, à la suite de la nouvelle entreprise, sont devenus les mêmes. que les mouches vers un nid d'abeilles savoureux.

Certains éleveurs, confrontés à la possibilité de disposer de leur bétail en le vendant à un prix raisonnable, n'ont pas hésité à sauter dans les vicissitudes de la route incertaine et dangereuse. Entre mourir de faim et compter sur plus qu'assez de bétail pour reconstruire leurs fermes et s'exposer utilement, ils ont préféré ce dernier.

Les péons, certains d'entre eux courageux par nature, d'autres par nécessité, étaient également prêts à soutenir leurs employeurs. C'était le moyen de sécuriser leurs emplois en danger et d'avoir un bon salaire, car ceux-ci étaient en phase avec l'effort d'apporter une contribution.

La route avait créé plusieurs nouvelles entreprises dérivées de la base. Certains experts en bétail, avec de l'argent pour pouvoir s'en servir, ont traqué l'arrivée de petits troupeaux, qui ne valaient guère la peine de les jeter sur la route car l'utilitaire ne serait jamais au niveau du danger et ils ont approché les modestes propriétaires offrant d'acheter leur bétail au pied de la rivière.

Il était vrai que le prix à payer était bas, mais beaucoup l'acceptaient. C'était de l'argent sûr, évitant la fatigue de la route, le danger de ne pas arriver avec le bétail et la dépense de payer les péons affectés à la conduite.

Ces trafiquants rassemblèrent plusieurs petits fagots pour n'en former qu'un, nourri, sérieux, digne de l'effort et du risque à courir, et quand ils eurent rassemblé quatre ou cinq mille têtes de bétail, ils se jetèrent dans la prairie en route vers Abilene.

Et sous la protection de ce raz-de-marée, les ouvriers ne manquaient pas qui venaient à l'odeur des pipes s'y inscrire avec de bons salaires. Ils connaissaient les dangers à courir, mais ils savaient aussi qu'à la fin de la route, il y avait beaucoup de dollars qui les attendaient et une ville de bétail, où on leur offrait toutes sortes de vices et de distractions, où ils pouvaient dépenser ces dollars et compenser leur fatigue. de conduite.

Mais ce n'étaient pas tous des pions au sens propre du terme. Il y avait aussi beaucoup d'aventuriers, des gens sans scrupules, des déserteurs des armées qui avaient erré à travers le Texas au pas de la mort, sinon à l'assaut de ce qu'ils trouvaient en chemin et des diplômés de l'armée, qui, sans occupation, parce que des offres d'emploi étaient rares, ils ont manifesté leur volonté de tenter leur chance avec les équipes itinérantes, car de nombreux paquets sont arrivés sans personnel suffisant pour le trajet.

D'autres sont venus avec des intentions moins nobles. On connaissait des petits chauffeurs qui, après avoir embauché des hommes qui s'appelaient au hasard des ouvriers sans travail, après avoir laissé San Antonio derrière eux, au milieu de la route, avaient conspiré pour s'emparer des ballots qu'ils conduisaient, éliminant leurs propriétaires et ouvriers accros. . , pour s'établir comme propriétaires et arriver avec le bétail à Abilene où ils les vendirent en faisant une grande affaire.

Et il y avait aussi quelques gangs organisés qui, à l'affût d'opportunités, espionnaient l'arrivée des hatajos, apprenaient combien servait à leur ignoble affaire et, au moment opportun, tombaient sur les hatajos et s'ils n'en avaient pas assez des hommes Pour les défendre, ils les saisirent en pleine prairie et continuèrent leur conduite jusqu'à ce qu'ils soient liquidés à Abilene.

Il y avait divers autres types de vols, dont les grossiers propriétaires de bétail étaient toujours victimes, mais avec ce qui précède, il suffit de se rendre compte du climat moral qui régnait à San Antonio au printemps de l'année 1870.

Et bien que rien n'ait été dit sur ceux qui vivaient sous le couvert du jeu et des vols nocturnes contre lesquels ils étaient connus pour offrir du butin, ils faisaient également partie de la pléthore d'indésirables et d'exploiteurs qui s'étaient installés dans la ville populeuse.

Et ils ne pouvaient se passer d'hommes armés audacieux, qui, comme les Thompson et quelques autres, exerçaient leur hégémonie sur la ville, sans que personne n'ose leur tenir tête tant la tentative pouvait être dangereuse.

Parmi les plus durs et les plus dangereux qui ont régné cette année sur la ville en imposant sa loi et sa force, Gregory Scott s'est démarqué, un homme grand, bien bâti et sombre, aux yeux noirs brillants, une moustache fine et soyeuse, des lèvres fines et cruel et menton prononcé. Il s'habillait très élégamment et possédait de belles mains, aux doigts longs et soignés, ce qui le dénonçait comme un professionnel des cartes à jouer.

De Grégoire on ne savait absolument rien. Il était apparu à San Antonio comme un météore flamboyant au début de la route et, en moins de deux ans, était devenu la figure la plus populaire et la plus dangereuse de San Antonio.

Il avait commencé à jouer, pour ensuite diriger une table de jeu dans un important tripot de la ville. Plus tard, il a renoncé à la table, et il n'était plus possible de définir ses activités, bien qu'il ait été dit qu'il était l'un des principaux promoteurs de l'entreprise naissante consistant à acheter du bétail aux éleveurs, puis à l'envoyer à Abilene en charge de des hommes en qui il avait confiance.

Parmi ceux-ci, il en avait toujours pour répliquer. Ils étaient sa cour d'honneur et aussi sa garde personnelle, et si Grégoire était personnellement dangereux, avec cette escorte il était invulnérable.

Mais ce n'était pas seulement Gregory qui exerçait une influence pernicieuse à San Antonio. Il y avait d'autres chefs ou chefs de groupe, voués à des affaires illégales, même si, apparemment, pour éviter des affrontements qui ne leur étaient pas bénéfiques, ils avaient délimité les champs et veillaient à ne pas rivaliser pour les conséquences graves qui pourraient leur être occasionnées.

Parmi les plus importants, même s'il n'était pas proche de la taille de Gregory, il y avait un type nommé Woodrow Harding, un homme plutôt gros de taille moyenne, dans la mi-trentaine, avec un visage désagréable. Il était bourru, combattant et se vantait d'avoir été un cow-boy, pour s'enrôler plus tard dans l'armée du Sud, dont il avait déserté pour devenir voleur de ranch pendant la période d'après-guerre.

Au début du parcours, il s'était arrêté à San Antonio avec quelques-uns de ceux qui formaient sa bande de maraudeurs et avec eux, il s'était consacré à fouiner dans les tavernes et les salles de jeux, à noter ceux qui gagnaient de l'argent ou venaient au ville pour les traquer. comme des bêtes sauvages et les attaquent si l'occasion s'y prête, en les privant de leur argent quand ils ne sont pas en vie.

Habitué des lieux les plus dangereux de San Antonio, il avait fait la connaissance de Grégoire et s'était montré obséquieux et flagorneur envers lui. Son idée était de convaincre Gregory de s'associer avec lui et de faire partie de son organisation d'élevage. Harding a compris qu'il s'agissait d'une entreprise plus importante et plus saine et comme il n'osait pas affronter le dangereux tireur, il a fait semblant de travailler à ses côtés, offrant de contribuer un montant à l'entreprise si Gregory était d'accord.

Ce dernier avait retardé l'affaire. Pour le moment, il n'avait pas besoin d'associés, puisqu'il suffisait d'organiser ses affaires et, puisqu'il avait des gens qui secondaient ses ordres avec la certitude qu'ils seraient exécutés, il n'avait pas à distribuer des bénéfices qui n'avaient pas besoin d'aide pour obtenir eux.

D'un autre côté, il s'était passé quelque chose récemment que Grégory n'aimait pas. Ses hommes avaient découvert un gars avec quelques milliers de dollars qui voulait les dépenser pour du bétail, et Gregory préparait un piège pour lui nettoyer cette somme, sans même lui donner la corne d'un bois en retour.

Mais avant que son plan ne se concrétise, Harding avait reniflé l'argent du gars et une nuit, alors qu'il se rendait à l'auberge, il a été volé et volé de l'argent, après lui avoir donné un énorme coup à la tête qui l'a laissé sans connaissance sur le route. Personne ne savait qui avait commis le vol, mais Gregory avait de très forts soupçons de blâmer Harding pour le vol sur le dealer et c'était quelque chose qu'il n'était pas prêt à pardonner, car sa fierté ne permettait à personne de faire une bonne affaire.

Gregory avait essayé d'obtenir la vérité de Harding sur le vol. Il voulait avoir la certitude qu'il n'avait pas tort, savoir à quoi s'attendre plus tard.

Mais Harding, avec un sourire énigmatique, avait répondu :

« Je ne sais pas de quoi vous parlez, Gregory.

« Je pense avoir parlé un anglais parfait.

« Eh bien, oui, mais…, tu ne penses pas que les affaires de tout le monde sont des choses personnelles dont ils ne devraient pas être conscients ? Si je te posais des questions sur certaines choses, tu me dirais quelque chose de similaire.

Gregory comprit qu'il ne le ferait pas parler et répondit :

— Je ne t'ai pas demandé de me mêler de tes affaires, Harding. Il m'a semblé que l'agression avait votre empreinte dessus et c'est pourquoi je l'ai commentée. Je pense, comme tu le dis, qu'il vaut mieux parler d'autre chose.

"D'accord. Nous nous défendons chacun du mieux que nous pouvons et dans cet aspect vous portez la part importante.

« Est-ce que quelqu'un me l'a donné ? J'ai su créer ma propre entreprise et je la défends comme vous faites la vôtre. Il y en a pour tout le monde.

La conversation s'était arrêtée là, mais Gregory était plus convaincu qu'avant que l'affaire avait été foutue par Harding.

Et comme Harding, bien qu'étant un élément plutôt coriace et dangereux, il était en danger.

Et Harding, qui était méfiant et astucieux, dut deviner qu'il y avait quelque chose de menaçant pour lui dans la question et se méfia. On ne pouvait pas jouer avec Grégory et s'il lui en avait parlé à cause de quelque chose qui le touchait, il fallait qu'il vive très alerte pour ne pas se laisser emporter par son rival.

Deux jours plus tard, peu avant le coucher du soleil, Gregory entra dans "El Caballo Salvaje", un bar-salon de jeu qu'il fréquentait régulièrement, et c'est au bar qu'il découvrit Harding. Quand il le vit, il se raidit un peu, mais, le saluant avec un sourire qui se voulait captivant, il l'invita :

— Ayez quelque chose pour moi, Gregory.

« Merci ; donnez-moi un « whisky ».

Il s'approcha du bar, où la boisson était servie.

Hardin a demandé :

« Comment à cette heure-ci ?

"Je prends le temps jusqu'à huit heures pour retrouver mes amis dans" The Silver Dollar. "

« Je n'ai pas grand-chose à faire avant non plus. Aimeriez-vous tuer le temps en jouant au poker ?

Grégory allait refuser, mais réfléchissant vite, il répondit :

« Eh bien, je dois tuer le temps sur quelque chose.

Harding commanda un deck et deux autres verres de "whisky" et montra une table où ils devaient être servis.

Le jeu a commencé et après un certain temps de fluctuation, Gregory a commencé à gagner plusieurs mains d'affilée.

Harding a accusé la perte sans cligner des yeux. Il devait être habitué aux aléas de la fortune et avoir le culot d'endurer ses embûches.

Froid et impassible, il continua à jouer, tandis que Grégoire, avec un sourire léger et étrange, semblait ignorer les hauts et les bas du jeu et acceptait les enjeux avec insouciance.

Mais peu de temps après, les rôles étaient inversés. Gregory a commencé à perdre, et tout en gardant la même attitude insouciante, il suivait avec intérêt les incidents du match.

De temps en temps, pendant que son adversaire battait, il déplaçait les pièces d'or sur la table et les laissait simplement glisser en rang le long de ses doigts en forme de pince, il savait lesquels étaient dans les piles.

Jusqu'à ce qu'un des tours soit terminé, il poussa les cartes en disant doucement :

« Laissons ça comme ça, n'est-ce pas ?

"Comme tu veux. Il semble que maintenant que tu perds, tu n'aimes pas trop ça.

"Non, je n'aime pas. Je t'ai laissé me battre huit mains de suite en me trompant, et même si j'ai joué avec ton argent, je peux l'admettre. Dans le cas du mien, ce serait quelque chose autre.

« Vous avez dit huit fois ?

« Juste. Pensez-vous que je n'ai pas remarqué ?

"Je l'ai supposé, mais vous ne nierez pas qu'il y a eu autant de tours que vous m'en avez fait au début. Je m'en suis rendu compte aussi, mais j'étais confiant de récupérer mon argent. Sinon...

« Que se serait-il passé ? demanda doucement Gregory.

"Qui sait!

« Toi qui as lancé la menace.

« Il vaut mieux en rester là. Il ne s'est rien passé et...

« Je n'aime pas les hommes qui se retournent après avoir lâché leur langue. Lorsque vous menacez, vous devez soutenir le gars ou vous vous exposez à être traité de lâche de porc.

Harding, entendant l'offense, s'est rendu compte que son adversaire avait provoqué ce set uniquement dans le but de faire un combat et, le connaissant, ne voulait pas lui donner la moindre marge d'avantage. Il sauta sur ses pieds, posant sa main sur le côté, alors que Grégory n'avait pas bougé de son siège, un peu éloigné de la table.

Mais Harding n'a eu que le temps de sortir le "Colt", car lorsqu'il a voulu l'utiliser, il était tard. Grégory, depuis son siège en bougeant seulement la main et en inclinant l'arme, avait tiré en plaçant deux balles dans le ventre de son adversaire.

Son revolver était prêt à tirer sans avoir besoin de le dégainer. Le bout de l'étui avait été coupé et la gâchette était exposée de sorte qu'en laissant tomber la main, il pouvait tirer.

Harding gémit de douleur et tomba à plat ventre sur la table, éparpillant les pièces devant lui.

L'argent tomba au sol avec un bruit sourd, et Harding, penché sur le côté, tomba également, se tordant dans l'agonie.

Une énorme agitation a éclaté dans le bar. Les clients se précipitèrent vers la table où s'était déroulée la scène dramatique, lorsque Grégoire se tint froidement à regarder tout le monde d'un air de défi.

« Ne vous inquiétez pas, messieurs, qu'il ne s'est rien passé. Ce crapaud s'est permis de proférer certaines menaces contre moi et je l'ai invité à les soutenir comme des hommes. Comme vous pouvez le voir, je l'ai laissé sortir le revolver, mais il devait avoir du plomb dans les mains et il ne s'en est jamais servi. Quoi qu'il en soit, l'intention de l'utiliser contre moi est suffisante et ils en ont été témoins. Je suis désolé, mais je ne suis pas un homme qui peut être menacé d'impunité.

En toute tranquillité, sûr que personne n'allait lever le petit doigt pour défendre les morts, d'abord parce que rien ne les liait à lui et ensuite parce qu'il était bien connu pour ne pas ignorer à quel point il était dangereux de lui faire face, il a quitté le bar en sortant Harding en train de mourir.

Le moment de lui facturer l'entreprise qui lui avait marché dessus était arrivé et il ne se mettrait plus sur son chemin en lui faisant échouer une nouvelle entreprise.

Il se dirigea directement vers "Le Dollar d'Argent", où certains de ses hommes devaient l'attendre et, dès qu'il s'en approcha, il dit :

"Je viens de tourner Harding dans 'The Wild Horse'.

"Un beau travail, patron", a commenté un grêlé, surnommé "El Pecas". J'étais seul?...

"Oui" il m'a invité à jouer à un jeu et j'en ai profité pour y mettre les pieds. Je l'ai trompé plusieurs fois et il a rendu la pareille en me les rendant. Nous avons eu quelques mots et il m'a menacé. Je l'ai laissé sortir le revolver, mais rien d'autre. Il est tombé avec deux onces de plomb dans le ventre. Je ne sais pas si le "shérif" osera intervenir contre moi, ou si quelqu'un qui a été témoin de la scène pourra déclarer que Harding avait dégainé le revolver, mais au cas où personne ne le ferait, vous devez être témoins qu'il m'a provoqué et il a dégainé son arme pour tirer. Avec ça, il y en aura assez.

"Eh bien patron, comme si on en avait été témoin.

La prévision de Gregory était prudente, car une heure plus tard, le "shérif", accompagné d'un commissaire, se présenta à "The Silver Dollar" pour chercher Gregory.

« Que vouliez-vous de moi, shérif ? demanda-t-il paresseusement.

« Je viens te chercher. Je l'accuse d'avoir tué Woodrow Harding, dans "The Wild Horse".

« Eh bien, personne ne vous a dit comment le tournage s'est passé ? Harding m'a insulté et a sorti son revolver. Je n'allais pas le laisser me tuer froidement. Il y avait plus d'une vingtaine de témoins qui ont assisté à la scène et, parmi eux, tous ceux qui sont ici. Ne suffisent-ils pas ?

« Tout le monde ? Étaient-ils présents ?

« Vous en doutez, n'est-ce pas ? » répondit le « Taches de rousseur ». Bon, si vous voulez, nous pouvons reconstituer la scène pour vous et il me semble que nous sommes assez pour que personne ne puisse accuser Gregory d'avoir pris le initiative.

Le "shérif", tendu, regarda tout le monde et répondit :

— Un alibi très précieux, Grégory, mais les choses ne se passeront pas toujours comme ça. Le jour où ça échoue, préparez-vous car votre cou peut être en danger.

CHAPITRE II

LA LUTTE POUR L'EXISTENCE

McClellan était un éleveur dont la propriété était située à Encinal, une ville du sud du Texas, à une quarantaine de kilomètres du Rio Grande.

La guerre avait été un désastre pour McClellan, d'abord il a été presque complètement abandonné parce que ses pions, tous des jeunes hommes fougueux, étaient devenus une partie de l'armée du Nord, et plus tard, quand la guerre était finie, il a essayé de reconstruire désespérément son ranch, il a subi diverses attaques de la part des gangs de hors-la-loi qui parcouraient la région et a perdu beaucoup de bétail faute d'avoir assez d'hommes pour défendre ses intérêts.

Certains de ses pions sont morts héroïquement en combattant au front et d'autres ne sont pas revenus, peut-être parce que leurs plans, une fois la guerre terminée, étaient très différents de ceux qu'ils caressaient avant le début de la guerre.

Celui qui lui est revenu était Saúl Perkins, qui avait récemment été son contremaître. Saúl avait une grande estime pour son employeur, parce qu'il s'était très bien comporté avec lui et parce que, en raison de son caractère affectueux et compréhensif, il méritait de correspondre à de si bonnes qualités.

En dehors de cela, Saúl avait un motif plus inavoué de se sentir attaché au ranch de McClellan ; la raison en était la fille de l'éleveur, qu'il avait rencontrée et traitée lorsqu'il était entré dans le ranch en tant qu'apprenti alors qu'il était sur le point d'avoir quinze ans.

Ainsi, Barbara McClellan était une petite fille de douze ans, mince, nerveuse, avec des cheveux blonds emmêlés, un nez retroussé, et un génie vif et malicieux capable d'écraser les taureaux avec sa malice.

Sans savoir pourquoi eux-mêmes, ils ont été attirés dans leur tendre jeunesse et Barbara a demandé à de nombreuses reprises à Saúl de devenir complice de ses ébats et plus d'une fois, Saúl s'est blâmé pour éviter que Barbara ne soit punie par son père.

Saúl a grandi, il est passé d'apprenti à ouvrier et, plus tard, lorsque sa barbe a éclipsé son teint et qu'il s'est senti comme un homme par essence et puissance, il a réalisé deux choses très élémentaires : l'une, que, tout comme il avait grandi et avait grandi devenu un homme adulte, Barbara avait aussi cessé d'être une fille, pour devenir une très jolie petite femme, pleine de génie, aussi espiègle et espiègle qu'à sa puberté, mais une femme qu'on ne pouvait plus traiter comme une fille.

Et Saúl s'est également rendu compte qu'il avait été impressionné, au fil du temps, très profondément par la fille et que c'était une question très sérieuse qu'il devait méditer profondément, car malgré l'attirance et la sympathie qui les avaient toujours unis, la position de différence serait un obstacle insurmontable pour aspirer à transformer en union éternelle ce qui n'avait été jusqu'alors qu'une pure et simple amitié.

Et comme l'âge du jeu et de la malice était déjà derrière eux deux, les bonnes manières exigeaient avec elle un traitement différent et une ligne de conduite en phase avec sa situation personnelle et financière.

Pour Saúl, c'était un supplice de devoir arrêter ses pulsions et traiter la jeune femme avec la parcimonie et l'emballage qui ne l'avaient jamais traitée et elle, peut-être instinctivement, réalisant aussi beaucoup de choses, avait arrêté ses pulsions folles et avait pris soin de le traiter avec un sentiment amical très marqué, mais gardant les distances que son âge exigeait.

Elle était à un âge où tout excès involontaire pouvait donner lieu à de fausses interprétations ou à des ragots qui nuisaient à sa réputation, ce qui la plaçait dans une situation sociale qu'il fallait respecter par convenance.

Et c'est ainsi que la guerre a éclaté, quand Saul avait vingt-six ans et Barbara était sur le point d'en avoir vingt-trois.

Saúl avait été promu contremaître depuis moins d'un an. Celui qui a dirigé l'équipe pendant de nombreuses années s'était retiré pour vivre avec une fille mariée, car il se sentait déjà à court de facultés pour une mission aussi difficile et l'éleveur a compris que personne de mieux que Saúl pour diriger son équipe.

Il avait grandi dans le ranch, avait fait preuve de qualités appropriées dans le cadre de sa mission et le savait honnête et loyal comme peu d'autres.

Mais quelque temps après le déclenchement du conflit, lorsque le gouvernement s'est rendu compte que c'était quelque chose d'une grande importance, il a commencé à mobiliser des hommes pour le combat et un jour, Saúl a été appelé, comme beaucoup d'autres de son âge.

Le jeune homme a dû se résigner. Il n'avait pas peur de la guerre, mais il était très honteux de s'être séparé de Barbara. Même s'il n'avait aucun espoir d'elle et que c'était un réconfort de l'avoir avec elle, de la voir tous les jours et de profiter de sa contemplation.

Et comme la jeune fille ne semblait pas pressée de s'engager avec un homme et que l'ombre d'un rival ne le dérangeait pas, peut-être à cause de cela il éprouva plus de douleur à se séparer d'elle.

Mais le devoir était le devoir, et Saul n'hésita pas à obéir à l'appel et à se présenter à l'endroit où il avait été nommé pour rejoindre les rangs.

McClellan le renvoya avec douleur, car l'absence du garçon était une perte très sensible pour lui.

Barbara, elle aussi, a été touchée par son départ. Après tout, ils avaient été élevés ensemble depuis qu'elle avait douze ans et il y avait beaucoup de bons souvenirs dans la mémoire de la jeune femme de ne pas être présente dans des moments aussi importants.

Elle le congédia avec une forte poignée de main, disant d'une voix très embarrassée :

« Au revoir, Saúl, j'espère que la chance te sera favorable et que, dans peu de temps, tu nous reviendras. Vous savez à quel point vous êtes aimé dans cette ferme et vous allez beaucoup nous manquer.

Il était sur le point de crier que celui qui allait beaucoup lui manquer, c'était lui, mais il se retint et, essayant de raffermir sa voix, il répondit :

« Merci beaucoup, patron ; Merci beaucoup, Mademoiselle Barbara. Je me souviendrai aussi beaucoup de vous et j'espère que Dieu me donnera la chance de retourner à nouveau dans cette ferme qui a été pour moi ma vraie maison.

Saúl a rejoint un régiment de cavalerie, prenant part à de nombreuses actions dangereuses. Son courage, sa détermination et son esprit patriotique, lui valent de nombreuses sympathies parmi ses patrons et pour les actions de guerre, il remporte d'abord les insignes de caporal puis ceux de sergent.

Et avec eux en uniforme, il a reçu sa licence à la fin de la guerre et, les portant avec fierté, s'est présenté au ranch de McClellan dès qu'il a eu l'occasion de retourner au Texas.

L'accueil qu'ils lui réservent est très affectueux, mais il se rend vite compte que la guerre a aussi affecté l'éleveur, sinon matériellement, mais moralement et économiquement. L'affaire brisée, paralysée, le ruinait à moitié et il traversait les peines du purgatoire pour pouvoir se maintenir à flot avec dignité.

Peu de péons retournèrent à leur poste, mais comme l'affaire ne suffisait pas à garder la même équipe, ils suffisaient, même s'ils étaient rares.

Une grande partie du bétail avait été perdue à cause du manque de soins et du manque d'hommes pour veiller sur lui. Il y avait du bétail éparpillé sur tout le territoire, mais à l'état sauvage en raison de la liberté totale dont ils avaient joui pendant de nombreux mois.

Saúl a travaillé dur pour réorganiser un peu l'hacienda et augmenter les troupeaux, mais quand ils ont réussi, les nombreux gangs d'indésirables qui ont ravagé la région ont porté plusieurs coups contre les pâturages, saisissant le bétail pour les passer au Mexique et les vendre à n'importe quel prix . , puisque tous étaient des gains pour les voleurs de bétail.

Le manque de personnel les a empêchés de tenir tête aux pillards et d'empêcher les vols. Dans l'une de ces attaques, ils ont perdu un pion et Saul a reçu une balle dans le bras, ce qui l'a laissé inactif pendant trois semaines. Cela ressemblait à un navire plein de trous, faisant que l'eau menaçait de couler.

Mais la ténacité qui les a encouragés était extraordinaire et ils sont revenus à la charge, travaillant intensément pour refaire ce qui était perdu.

Le temps passa, la normalité semblait peu à peu reprendre le dessus et, bien qu'il y eût encore des bandes dispersées sur tout le territoire, certaines avaient été anéanties et d'autres se désintégraient, diffusant leurs éléments dans d'autres secteurs.

Mais lorsqu'il a semblé que la reprise allait se consolider, un autre problème s'est posé. Les entreprises de bétail étaient presque mortes, maintenant il semblait qu'il y avait pas mal de bétail. mais les acheteurs manquaient. L'argent était rare, les marchés s'étaient désorganisés et, si quelqu'un décidait d'acheter, il exigeait que les cornes leur soient livrées là où ils indiquaient les endroits les plus sûrs.

Et cela était très dangereux pour les éleveurs, car conduire le bétail à travers des zones désertes revenait à donner aux voleurs des facilités pour couper leurs routes et s'approprier les fagots avec plus d'impunité.

C'est alors face à cet état de fait, l'audace et l'agressivité de Jesse Chisholm, organisèrent la conduite à Abilene, où tout le bétail qui y arrivait était acheté à un prix, sinon magnifique, oui rémunérateur, car de là, le les cornes étaient conduites à Dodge City, Wichita et plus tard à l'Est, pour approvisionner les grandes villes qui manquaient de viande.

Bientôt la nouvelle du succès se répandit et l'année suivante, au début du printemps, des éleveurs désespérés de la partie sud, rassemblèrent autant de bétail que possible et avec lui ils se mirent en route. Ils allaient jouer une carte qui, si elle tournait bien, les aiderait beaucoup à sauver la situation précaire.

Certains ont eu de la chance, d'autres non, mais dans l'ensemble, le tableau s'était éclairci. Avec de l'organisation et de la force, les éleveurs disposaient d'un magnifique marché où ils pouvaient vendre leur bétail, tandis que la normalité se répandait sur tout le territoire.

Lorsque McClellan a entendu parler de tout cela, il a essayé d'obtenir autant de détails que possible. Lui aussi caressait l'idée de tenter sa fortune en jetant son bétail sur la route.

S'il pouvait faire deux entraînements entre le printemps et l'été, il considérerait la situation sauvée et cela lui permettrait d'attendre l'année suivante pour organiser des entraînements à plus grande échelle.

« Un jour, McClellan a eu l'occasion de parler avec un éleveur de bassin qui venait de rentrer de San Antonio.

L'éleveur lui a donné des détails très intéressants sur son voyage.

"Je" lui ai dit "Je suis allé à San Antonio avec mille et demi cornes. J'étais déterminé à suivre cette route infernale que je sais être extrêmement dangereuse à bien des égards, mais avant de me lancer désespérément dans la prairie, j'ai appris quelque chose qui Je pensais que c'était plus intéressant et plus sûr et j'ai abandonné la route.

« À San Antonio, ils m'ont dit qu'il y avait des revendeurs qui achetaient de petits paquets, puis organisaient eux-mêmes des courses à grande échelle. Il y a des éléments prêts à affronter les dangers de la conduite automobile et le peonage n'est pas un problème pour eux.

«Bien sûr, ils les paient relativement mal. On dit qu'à Abilene on se vend entre dix-huit et vingt dollars par tête ; mais il faut les y emmener. Les trafiquants paient à San Antonio de huit à dix dollars et le risque d'atteindre Abilene avec eux est le gain entre ce qu'ils paient et ce qu'ils facturent plus tard pour chaque bœuf.

« Et la vérité est que, bien que mal payé, cela a résolu le problème pour moi. Ils m'ont payé neuf dollars et j'ai évité les trois mois de route et tous les dangers qu'elle comporte, car il faut compter sur les indiens, avec le manque d'eau, la chaleur, les orages électriques qui y sont terribles et les gangs de brigands qui sortent au pas des foules faibles, sûrs de pouvoir battre le rare peonage qui les conduit. Et cela a été d'environ treize mille dollars, ce qui a été très bon pour moi pour sauver la situation. J'ai l'intention d'en rassembler mille autres et de retourner à San Antonio avant la fin de la saison de la route, car dès que l'hiver apparaît, il ne peut pas être traversé avec du bétail, "

McClellan a pris bonne note de tout ce que son partenaire lui avait dit et, sans perdre de temps, il a appelé Saúl et lui a raconté sa conversation avec l'éleveur.

Saül demanda :

"Que veux-tu dire par là ?

« Que pour moi ce serait une solution de pouvoir me présenter à San Antonio avec un millier de bovins comme test et les vendre comme l'a fait notre voisin. S'ils me payaient comme lui et même à un dollar de moins, je les vendrais, car huit ou neuf mille dollars en main résoudraient beaucoup de mes problèmes qui pour le moment n'ont pas de solution.

"Et je voulais connaître votre avis avant de me lancer dans l'aventure."

Saul réfléchit un instant puis répondit :

« Si vous pensez que ce montant est absolument exact et sauve votre situation, il me semble logique que vous y voyiez la solution au problème, même si vous savez que vous perdez de l'argent avec cette vente.

« Je sais, mais il vaut mieux perdre un peu que sombrer. Si les choses s'améliorent, nous continuerons à relever la tête jusqu'à ce que nous revenions à la normale et avec cet argent, je pourrai prendre une bonne respiration.

« D'accord, mais avez-vous pensé à quelque chose de très intéressant qui pourrait tout compliquer ?

"En quoi?

« En cela, vous n'avez pas trouvé d'acheteur pour eux une seule fois à San Antonio. Que ferait-il alors, les ramener, compliquer les choses ou prendre la route à l'aveugle quoi qu'il arrive ?

L'éleveur se raidit à l'avertissement de son contremaître. C'était une chose à laquelle il n'avait pas pensé. Enfin il répondit :

« Je ne pense pas que je sois si malchanceux. Mon voisin m'a dit qu'il y a plusieurs trafiquants qui achètent le bétail et que certains les garderaient, même s'ils devaient perdre plus à la vente.

« Ayons confiance que c'est le cas, mais j'insiste sur le fait que vous devez penser à tout. Que feriez-vous si vous ne les vendiez pas là-bas ?

"La vérité est que je ne sais pas.

« Eh bien, vous devriez y penser avant de prendre un seul bois du pâturage.

« Vous ne pouvez pas en droit vous lancer dans cette aventure qui vous éloignerait du ranch pendant au moins quatre mois. Il ne peut pas laisser sa fille seule au risque d'être attaquée par une bande puissante et de perdre son bétail et, qui sait si sa vie, en compagnie.

"Je n'ai pas peur des vicissitudes de la route, tant qu'elles sont naturelles qu'un homme peut vaincre, mais je ne porte pas la responsabilité de me lancer avec mille cornes et seulement quatre hommes que je pourrais porter, car s'ils nous attaquaient, non ils sont obligés de les opposer à une bande puissante et tout serait perdu et vous et moi, je pense que ce serait trop à exposer pour les possibilités que j'ai indiquées.

« C'est le problème que vous devez étudier. Quand il l'étudiera et se décidera, nous parlerons. ''

McClellan l'a étudié et a recherché la formule intermédiaire.

« J'ai déjà décidé, Saul. Nous allons emmener le bétail à San Antonio et essayer de les vendre. Si nous ne réussissons pas, nous retournerons vers eux et laisserons ce que Dieu veut.

« Est-ce votre décision ferme ?

« Je n'en ai pas d'autre, Saúl. Si je n'essaie pas de nager et de lever la tête hors de l'eau, je me noie. Donc, si je dois me noyer, ce n'est pas faute d'avoir essayé de me remettre à flot.

Est ce que tu y vas seul?

"Non. Je veux que tu viennes avec moi, au cas où j'aurais besoin de toi.

« Et qui va s'occuper de ça et de sa fille ?

"J'y ai pensé. O'Hara, qui était mon contremaître jusqu'à sa retraite, habite à proximité, ne fait rien, et je suis sûr qu'il accepterait de rester ici pour s'occuper de ça, sans avoir à travailler avec le bétail. Nous laissera cinq pions et nous en prendrons quatre.

« Avez-vous déjà parlé à O'Hara ?

« Non ; avant, je voulais vous consulter.

« Pour ma part, je suis déterminé à faire ce que vous commandez. Parlez-lui et, s'il accepte, nous choisirons les meilleurs bovins pour voir s'ils arrivent bien et ils nous paieront dix dollars. Au fur et à mesure du voyage, nous essaierons d'en profiter au maximum.

"D'accord. Je parlerai à O'Hara aujourd'hui.

L'ancien contremaître a écouté les raisons de McClellan et a proposé de déménager au ranch et d'être pris en charge par Barbara et les mécaniciens de la ferme. Il était un homme énergique, avait de l'autorité et était bien connu pour sa pratique dans ce travail.

Lorsque Barbara a appris la décision de son père, elle n'a pas semblé très heureuse.

"Je n'aime pas ce voyage, papa", a-t-il dit. Je pense que San Antonio est devenu dangereux et que quelque chose de grave pourrait vous arriver.

«Je vais essayer de ne pas entrer dans des endroits dangereux, ma fille. D'ailleurs, Saúl vient avec moi et je prendrai quatre ouvriers pour m'occuper du bétail. Gardez à l'esprit que la situation économique que nous traversons est très critique et que j'ai besoin de cet argent car les pâturages ont besoin d'eau en mai.

— Je le sais, papa, mais ta vie vaut plus que tout l'argent du monde. Pense que je n'ai que toi...

— J'y pense et bien d'autres choses, Barbara, et je promets d'être aussi prudente que les circonstances le conseillent. Comme le bétail reste en dehors de la ville, il ne s'agit que de s'orienter jusqu'à ce que nous trouvions un acheteur. Une fois l'affaire conclue et conclue, je prends l'argent, je lui donne le bétail et nous repartons.

« Pendant que nous serons partis, O'Hara restera ici. Vous savez que c'est un homme droit, courageux et loyal, et vous ne manquerez pas de protection. "

Barbara n'a pas osé insister, mais plus tard elle a cherché Saul et s'est approchée de lui :

« Mon père a réalisé ce qu'il projette.

"Et cela?

« J'ai essayé de le convaincre de ne pas partir d'ici, mais il m'a donné des raisons auxquelles je n'ai pas pu m'opposer.

— Ni moi, c'est pourquoi je n'ai pas insisté.

« Cependant, j'ai peur. Ce sera idiot, mais il y a quelque chose qui me bouleverse, parce que... je ne sais pas..., on dirait qu'il sent qu'il peut lui arriver quelque chose.

« J'espère que cela n'arrivera pas, car je n'irai pas à ses côtés comme parure.

« Je sais, Saúl, et ça me calme un peu. Je sais que tu es un homme loyal comme peu d'autres et que tu aimes mon père comme s'il était le tien.

« Merci pour la bonne idée que vous avez toujours eue de moi, Miss Barbara. Je vous assure que pour lui et pour vous, j'irais aussi loin qu'un homme de cœur peut aller. C'est tout ce que je peux te dire.

« Je sais et je l'apprécie. Prends bien soin de lui, Saul. Tu sais que je n'ai que mon père au monde et que, s'il lui arrivait quelque chose, que deviendrais-je ?

« Espérons qu'il ne t'arrive rien, mais tu sais que, de toute façon, je..., je..., risquerais ma vie pour toi s'il le fallait. Pourquoi en dire plus ?

Elle ne répondit pas et baissa la tête. Saul avait mis tellement de chaleur dans l'offrande qu'elle sembla deviner quel sentiment l'avait inspirée.

Saúl, pour sa part, s'est rendu compte qu'il avait été trop expressif et, pour sauver la situation embarrassante, il s'est retourné et est allé au pâturage où il a dû s'occuper personnellement du choix du bétail.

Sans savoir pourquoi, un feu caché lui brûla la poitrine. Il se sentait nerveux, agité, pris d'une excitation fiévreuse, et il se demandait s'il n'avait pas dit quelque chose de gênant dans son enthousiasme à répondre à la jeune femme.

Mais cela avait été quelque chose de si spontané que même lui n'avait pas réalisé le feu mis dans ses paroles.

CHAPITRE III

DANS LES GRIFFES DE LA POULPE

Le bétail a été soigneusement contrôlé. Saúl a essayé de choisir le bétail le plus lucide dans l'espoir que s'ils ne perdaient pas de poids pendant le voyage, ils pourraient rapporter jusqu'à dix dollars par tête.

Il n'a choisi que trois pions. Comptant sur l'aide de l'éleveur et des siens, il considérait qu'ils étaient suffisants pour se rendre à San Antonio et éviteraient une dépense plus importante.

O'Hara est venu au ranch pour fournir McClellan aux soins du ranch et, avec la garantie de l'ancien contremaître du ranch, ils sont repartis plus détendus.

La conduite s'est bien déroulée et un soir de la fin mai, ils ont atteint la rive du fleuve, surplombant la ville tumultueuse.

L'immense prairie montrait les traces d'un mouvement inhabituel de bétail. L'herbe a été battue et aplatie par autant de sabots qu'elle avait passé dessus et, commodément espacés pour empêcher le bétail de se mélanger, il y avait quelques troupeaux qui attendaient pour commencer la route vers le nord.

L'éleveur et Saúl ont cherché un endroit approprié pour conserver le paquet. Ils trouvèrent un creux régulier avec quelques pentes élevées sur les côtés, qui serviraient très bien de barrière au bétail, facilitant la tâche des trois péons qui resteraient à le surveiller.

« Qu'est-ce qu'on fait ? » demanda Saul « On va au village ou on le quitte pour demain matin ?

« Je pense que nous devrions lui rendre visite tout de suite. Vous savez déjà que dans ces lieux l'activité des gens se déroule la nuit et, pendant la journée, il est difficile de trouver quelqu'un qui puisse s'intéresser à cette question.

"Eh bien, si tu veux, allons-y.

Ils donnèrent des instructions sévères aux péons pour qu'ils gardent jalousement le paquet et s'en séparèrent pour se diriger vers le noyau du village qui se trouvait à près d'un kilomètre et demi. L'après-midi commençait à tomber et, de loin, quelques lumières s'allumaient déjà.

Ils étaient à peine à quelques mètres du troupeau, un type à l'allure de cow-boy, apparemment ennuyé de se promener, s'est approché de McClellan en lui demandant :

"Avez-vous besoin d'un pion pour la route?

"Non, merci beaucoup", a répondu l'éleveur.

"Vous avez trop peu de monde pour entrer dans un endroit trop dangereux" observa le pion.

« Je sais, mais je n'ai pas l'intention de suivre la route. Je viens vendre le bétail ici.

« C'est autre chose. Vous apportez du bétail très lucide.

"Merci.

« Il faudra être prudent avec les trafiquants. Ils profitent de la nécessité de vendre et offrent une bouchée de pain. À l'exception de quelques-uns, plus honnêtes et prévenants, les autres sont des vautours bouchers.

L'éleveur sembla s'intéresser au discours du péon, car il demanda plus doucement :

« Vous connaissez bien cette affaire, n'est-ce pas ?

« Eh bien... régulier. Je suis venu attendre la meute d'un éleveur qui s'était engagé envers moi à me prendre dans son équipe, mais je ne sais pas ce qui s'est passé qui n'est pas arrivé et je l'attends depuis deux semaines. Comme j'en ai marre d'attendre et que mon argent s'épuise, je cherche donc du matériel. Et bien sûr, en deux semaines à ne rien faire et à perdre son temps dans les tavernes et les tripots, on entend beaucoup et on voit beaucoup. C'est pourquoi je lui ai dit qu'à part quelques trafiquants, les autres, à ma connaissance, ne sont que des vautours.

« Alors, auriez-vous la gentillesse de me diriger vers l'un de ces deux avec qui je peux traiter ? Je ne peux pas t'admettre comme ouvrier parce que je ne vais pas aller à Abilene et aussi parce qu'il n'y a pas de poste vacant dans mon ranch, mais si je peux avoir un salaire décent pour mon bétail, je promets de te donner une prime pour compenser le temps vous avez dépensé ici sans gagner un centime.

"Je vous remercie, vous êtes très aimable.

« Si votre intervention m'est bénéfique, il n'est que juste que je vous récompense d'une manière ou d'une autre.

«Et je l'accepterai parce que la vérité est que je manque d'argent.

«Je peux en pointer un. C'est le plus populaire et celui qui fait généralement le plus d'affaires parmi ceux-ci. Il a mis en place un système d'expédition vers Abilene, et lorsqu'il rassemble cinq ou six mille têtes, il les y emmène et se prépare à rassembler un nouveau troupeau. Si le temps le permet, il enverra du bétail et du bétail à Abilene.

« Savez-vous combien vous les payez habituellement ?

« Oui, entre huit et neuf dollars. Ce n'est que lorsqu'on vous propose quelque chose d'exceptionnel que vous paierez dix dollars.

« Avez-vous vu le bétail que j'apporte ?

« Bien sûr que je l'ai vu et rarement le bétail arrive aussi bien nourri.

« Alors, tu penses que je peux demander dix dollars ?

« Mon conseil est de ne pas leur donner moins que ce prix. Ils vous offriront moins ; Ils vous feront même croire que si vous n'acceptez pas, ils ne sont pas intéressés ; Mais si vous restez ferme, ils ne vous laisseront pas les offrir aux autres.

« Eh bien, merci beaucoup pour vos rapports. Où puis-je trouver cet homme ?

« Je t'emmènerai là où ça s'arrête habituellement. Je ne sais pas s'il sera encore là, mais s'il ne l'a pas fait, ce ne sera pas long. Laissez-moi vous parler... Je le dis, car je vous ai récemment fourni un petit paquet semblable au vôtre et vous m'avez donné vingt dollars pour vous avoir mis en contact avec le vendeur. Ce n'était pas grand-chose, mais c'était utile.

"Eh bien, éloignez-vous et vous nous montrerez l'endroit.

Les trois arrivèrent à la ville et pénétrèrent dans son artère principale, qui était bondée de public.

Les habitants avaient déjà allumé leurs lumières et ils ont encore plus animé l'agitation de la large route. Presque tous les passants ressemblaient à des personnes liées au bétail et ce n'était pas surprenant, car à cette époque le bétail était tout dans la ville.

Le pion les a menés à "Le Dollar d'Argent", qui à cette époque était de bonne humeur.

Le pion a prévenu avant d'entrer :

« L'endroit est un bar avec un tripot à l'arrière, mais les gens ici ne sont pas à l'aise dans d'autres types d'endroits. Ils doivent boire et jouer pour être heureux, surtout si l'on prend en compte que beaucoup sont avec un pied sur l'étrier pour entamer le parcours et qu'au moins trois mois de privation et de travail très dur les attendent.

Le pion regarda autour de lui et dit :

« Il n'est pas encore venu, mais je ne pense pas qu'il sera tard. Asseyez-vous un moment et prenez un verre, et en attendant, si vous me le permettez, je vais dire à un ami qui m'attend à « El Caballo Salvaje » qu'on se verra plus tard. Les affaires passent avant tout.

Il les a laissés seuls et a quitté les lieux. L'éleveur a commenté :

« Il nous a fourni des rapports très précieux qui nous éviteront d'être dépaysés et de perdre du temps. Si, comme il le dit, c'est l'un des trafiquants les plus honnêtes et que nous réparons l'affaire ce soir... Demain, nous pourrons retourner au ranch.

Et après avoir commandé un « whisky », ils se préparèrent à attendre le retour de l'ouvrier et l'arrivée du marchand.

Le pion, comme il l'avait indiqué, se rendit à "Le Cheval Sauvage", où il entra très heureux et le sourire aux lèvres.

A la place se trouvait Gregory Scott, assis à une table, avec "El Pecas" et un autre. Gregory vit le péon entrer et le dévisagea.

Puis, lorsqu'il s'avança vers la table, il demanda :

"Très content que tu viennes, Roger... Qu'est-ce que c'est ?

« Que je pense lui apporter de bonnes proies.

"Oui?

"Oui. Il s'agit d'un éleveur qui apporte un millier des meilleurs bovins que j'aie jamais vu. Je me suis offert à lui comme ouvrier, comme d'habitude, et il m'a dit qu'il n'avait pas l'intention d'aller à Abilene, mais de vendre le bétail ici. J'ai gagné leur confiance et leur ai dit que je vais vous présenter un acheteur sous garantie. Je suppose que c'est une bonne affaire.

Grégory sourit. Des affaires de cette nature lui avaient rapporté de bons profits grâce à un certain tour qu'il avait très bien répété, même s'il était un peu exposé.

« Où est le gars ?

"Je l'ai laissé avec son contremaître dans" Le Dollar d'Argent. " Je t'ai dit que tu arriverais bientôt et qu'en attendant, je devais voir un ami ici qui m'attendait.

"Eh bien. Retourne là-bas et dans peu de temps j'irai. Quand j'entre, tu m'approches pour parler de l'affaire et me présenter. Pendant ce temps, "El Pecas" préparera l'affaire comme les autres fois.

Roger a quitté le tripot et est retourné à "The Silver Dollar".

"Je suis de retour" dit-il. Mon ami est allé à la salle de jeu et m'a dit que je le rencontrerai là-bas. Je suppose que si je n'y vais pas, ils devront le virer à l'heure de la fermeture.

Un quart d'heure plus tard, il a vu « El Pecas » entrer avec deux autres. Le trio s'est approché d'une table où trois autres étaient assis et a dessiné des tabourets autour de la table. Ensuite, "El Pecas" a parlé à voix basse avec tout le monde.

Et un quart d'heure plus tard, Grégory, qui était complètement seul, fit son apparition.

Son allure d'homme distingué, sa tenue chère et soignée, sa jolie silhouette semblaient affirmer qu'il était un homme hors du commun. Pour ceux qui ne le connaissaient pas, pour ceux qui ne savaient rien de son histoire noire, il pouvait passer pour un riche trafiquant, loin de se débattre au plus profond de la ville.

Il se dirigea vers le comptoir et commanda un "whisky". Les vendeuses l'accueillaient avec servilité.

Roger, qui était assis à côté de l'éleveur, a déclaré :

« C'est-à-dire. Son nom est Gregory Scott. À en juger par les affaires que je vous ai entendues diriger, vous devez gagner votre argent par poignée.

Il se leva, ajoutant.

« Je vais lui parler. Je suppose que je n'aurai aucun problème à vous parler.

Il se dirigea vers le comptoir, le saluant à voix haute. Puis, à voix basse, elle lui parla et montra la table où McClellan et Saul étaient assis.

Peu de temps après, ils se dirigent tous les deux vers la table.

" Messieurs " dit Roger " Je vous présente M. Scott, dont je vous ai parlé dans la rivière. Il dit que bien qu'il ait acheté beaucoup de bétail ces derniers temps, si cela vaut la peine, il peut discuter de la vente.

McClellan, après avoir serré la main de Gregory, répondit :

« Le bétail peut vous voir quand il veut, mais vous les avez vus et vous avez déclaré qu'ils sont les meilleurs que vous ayez vus arriver à San Antonio.

Et je l'affirme. Je pense que je comprends assez bien le bétail.

Gregory s'assit à côté de l'éleveur et dit :

« Si Roger le dit, je devrai le croire, car il m'a déjà apporté deux paquets et j'ai pu voir qu'il comprend beaucoup de choses sur les cornes.

Il alluma une cigarette puis demanda :

« Combien de bétail amènent-ils ?

"Un millier.

« Avez-vous eu une idée du prix que vous comptez leur demander ? Je tiens à vous avertir que ce n'est pas là qu'ils peuvent être payés à bas prix, mais à Abilene. Si je les achète, j'ai une grosse dépense de conduite et, en plus, le risque qu'ils soient volés ou qu'une bousculade se produise. Mon profit est là, mais en faisant un pari qui n'est pas petit.

«J'ai déjà orienté quelque chose à ce sujet et je ne viens pas avec la prétention de faire une affaire ronde, mais je ne les ai pas non plus amenés à les donner. J'ai choisi le meilleur de mon pâturage pour en tirer le meilleur parti, car j'ai besoin d'argent et je ne suis pas en mesure de me lancer dans le pâturage avec le plus grand nombre de bovins.

« Eh bien, dites-moi un chiffre.

« Dix dollars par tête et pas un centime de moins à partir de là. Je ne veux pas perdre de temps à marchander.

« À dix dollars, très peu de bétail ont été payés ici.

«Mais certains ont été payés et les miens peuvent être placés là où sont les meilleurs.

«Je pense que neuf dollars est un chiffre acceptable.

« Pas pour le bétail que j'apporte.

« Dans ce cas, je ne pense pas que nous nous comprendrons. Pensez-y et...

« C'est penser. Si vous n'êtes pas intéressé à ce prix, je trouverai quelqu'un qui est intéressé et sinon je retournerai avec eux dans mon ranch.

« Diable ! As-tu la parole d'un roi ?

"Dans ce cas, oui. Je sais ce que valent mon bétail et je sais que si vous pouvez le garder tel qu'il est, quand vous arriverez à Abilene, ils vous paieront mieux que quiconque.

Gregory sembla réfléchir et dit finalement :

«Eh bien, pour m'engager, je dois le voir moi-même. Si tu veux, on va là où tu as le paquet, je l'examine et s'il est vraiment comme il est dit, j'accepte le prix. On peut rentrer alors, on fait la transaction et, une fois que je lui donnerai l'argent, j'enverrai des hommes pour s'en occuper. Demain, une de mes expéditions part pour Abilene et je les rejoindrais dans l'expédition.

"D'accord. La nuit est bonne, il y a une lune et il ne sera pas difficile d'examiner le bétail.

Grégory se leva.

"Allez" dit-il. Si tu veux, Roger, viens avec nous.

« Eh bien, je vous accompagne.

Les quatre quittèrent le joint pour se rendre près de la rivière, où McClellan avait laissé son bétail. La nuit était magnifique, claire, avec une pleine lune qui brillait de toute sa splendeur et cela faciliterait l'examen.

Saul n'avait pas ouvert les lèvres pendant la conversation. Apparemment, il avait trouvé tout normal et n'avait rien à redire.

Lorsqu'ils arrivèrent près de la rivière, l'éleveur indiqua :

« Là dans ce creux se trouve le paquet.

Ils se rendirent à l'endroit indiqué et Grégoire passa un moment à regarder les cornes, faisant le tour du ravin pour s'assurer que tous les taureaux étaient également lucides.

« Je vois que tu n'as pas exagéré, mais je devais m'en assurer. Tous ceux qui viennent prétendent apporter le meilleur bétail et, en règle générale, ils sont tous d'un poids vulgaire. Ce sont l'exception et j'accepte le prix.

« Alors si tu veux, viens avec moi. Nous rédigeons le document de vente, je te paie et ce soir tu remets à mon chef de liasse. Ils les conduiront à un corral vide que j'ai à un kilomètre et demi d'ici et demain matin ils partiront pour Abilene. Qui est votre contremaître ?

"Celui qui m'accompagne.

« Eh bien, préparez-vous, lorsque vous reviendrez et que mes pions arriveront, je vous remettrai les cornes. Il les accompagnera jusqu'au corral, où ils seront comptés à leur entrée. La porte est prête pour qu'ils ne puissent entrer qu'un par un et se compter sans se tromper. Votre contremaître et mon manager suivront.

« Très bien, monsieur Scott.

L'éleveur, très heureux de la facilité avec laquelle le problème avait été résolu, s'est tourné vers Saúl en lui disant :

« Restez ici et tout le monde est prêt à déplacer le bétail. Je serai de retour dans une heure.

Saul n'a rien dit. Il était devenu un peu hébété par le dynamisme qui avait entouré l'entreprise et pas un instant il n'avait craint quoi que ce soit d'anormal. Peut-être sa confiance était-elle née de l'attitude et de l'emballage de Grégoire, qui s'écartaient de l'ordinaire.

CHAPITRE IV

UN TRUC DRAMATIQUE

De nouveau, ils retournèrent tous les trois au « Dollar d'Argent » et Grégoire se dirigea vers une table au fond, où un client solitaire sirotait un verre de cognac.

Son apparence n'était pas très rassurante et Grégory, sortant un dollar de sa poche, le jeta sur la table en disant :

« Tiens, Jim, va au comptoir pour boire et laisse-moi cette table.

Le client grogna quelque chose de difficile à attraper, prit le dollar et le verre et se dirigea vers le bar, tandis que Grégory invitait l'éleveur à s'asseoir.

"C'est un pauvre diable", dit-il, qui se lève tôt, prend possession d'une table en demandant un verre de cognac et ne bouge pas de là jusqu'à ce que quelqu'un lui achète la table en lui donnant un dollar. C'est une astuce comme une autre.

Il demanda à un serveur une feuille de papier et le nécessaire pour écrire et, offrant le stylo à l'éleveur, dit :

« Veuillez prolonger le reçu de vente. J'aime faire les choses en toute légalité.

« Mettez votre nom, le point d'origine, le nombre de bovins et le prix de chacun. Mettez le reçu et voici l'argent. "

Il fouilla dans la poche intérieure de sa veste et en sortit un portefeuille bombé qu'il ouvrit. McClellan put voir d'un coup d'œil qu'il était plein de billets.

Il produisit le reçu et, avant de le signer, le donna à Grégory pour qu'il le lise.

Le joueur l'a examiné attentivement et, en le rendant, a déclaré :

"C'est dans l'ordre, vous pouvez le signer.

Il comptait des billets de cent dollars pour percevoir le montant total de la vente.

McClellan, quelque peu excité, a signé et a attendu que Gregory compte tout l'argent. Pendant ce temps, derrière lui, les voix d'un groupe de clients s'élevaient.

Apparemment, une dispute avait éclaté entre eux à propos d'une pièce de théâtre, qui menaçait de se terminer par une bagarre.

Mais l'éleveur, attentif à ses affaires, s'en aperçut à peine, bien qu'il entendît les voix aigres et menaçantes des contestataires.

Gregory repoussa les piles de billets en disant :

« Comptez-les ; cela ne me dérange pas qu'il le fasse.

McClellan tournait le dos aux clients, son corps essayant de cacher le montant d'argent que Gregory avait mis devant lui.

Il se mit rapidement à compter. Le fait que les factures étaient de cent dollars simplifiait le décompte et le volume n'était pas excessif.

Roger s'était assis d'un côté de la table, un peu à l'écart et face à la porte. Il semblait suivre avec beaucoup d'intérêt la violente discussion qui avait éclaté dans le dos de l'éleveur.

Il approuva l'argent, le mit dans la poche intérieure de sa veste et poussa le reçu en disant :

"Voici le reçu. Je vous souhaite bonne chance et j'espère que ce n'est pas la dernière affaire que nous concluons.

"Ce temps le dira. Maintenant excusez-moi de vous quitter, mais j'ai quelque chose d'urgent à faire. Là, je vous laisserai avec Roger, que je verrai plus tard et le remercierai de sa médiation.

« J'ai également promis de vous satisfaire et je le ferai.

Gregory quitta le bar et McClellan, prêt à partir, sortit deux billets de vingt dollars de la poche de son pantalon, qu'il garda, et les offrant à Roger, dit :

« Prenez. Comme je suppose que M. Scott vous donnera un montant similaire, vous serez satisfait de moi de ne pas avoir manqué la journée.

« Non, bien sûr que non, et je l'apprécie vraiment. Bon voyage et à bientôt ici.

« Merci. Peut-être que je serai de retour avant la fin de l'été.

Je me suis levé. Roger n'avait pas l'intention de l'imiter.

« Reste ? demanda l'éleveur.

— Oui, il est encore tôt pour partir à la recherche de mon ami.

L'éleveur se tourna pour faire face à la porte pour commencer la sortie. Il avait hâte de rejoindre son troupeau, de rejoindre Saul et de lui montrer l'argent. Si, comme Grégoire l'avait dit, il allait s'occuper du bétail le soir même, ils pourraient retourner au ranch dès qu'ils auraient pris leur petit-déjeuner.

Il venait de passer devant la table où le groupe de joueurs se disputait et menaçait encore, quand l'un d'eux donna une forte gifle à l'autre.

La réaction du groupe a été rapide. Les cinq, debout, s'attaquèrent furieusement à coups de poing ; mais l'un d'eux, s'armant d'un tabouret, le jeta avec colère sur celui qui l'avait giflé.

L'homme agressé s'est baissé, évitant l'impact, mais le tabouret lancé avec force, passant au-dessus du sujet auquel il semblait destiné, est allé plus loin et a touché McClellan à la tête, alors qu'il tentait de courir pour ne pas être impliqué dans la bagarre.

L'éleveur a émis un malheur ! agonisant et tomba au sol avec du sang coulant d'une blessure régulière qu'il avait reçue à l'arrière de son crâne.

La blessure et la dureté du coup l'ont choqué et il est tombé inanimé au sol.

Le combat s'arrêta subitement et plusieurs combattants se précipitèrent au secours du tombé, tentant de le faire réagir, mais sans succès.

"Vous avez bien fait", commente l'un d'eux. Vous l'avez presque tué.

« Tu es celui que j'aurais dû tuer. Vous m'avez giflé et si vous pensez que je vais l'accepter calmement, vous vous trompez. Si vous êtes un homme, sortez dans la rue avec moi pour répéter l'exploit.

« Pour l'instant, grande gueule. Personne ne me défie. Allons-y.

Ils ont laissé le rancher sur le sol trempé de sang et en masse, ils sont sortis. Le gérant du comptoir et quelques clients sont venus en aide au blessé.

« Nous devrons l'emmener chez un médecin pour le soigner, sinon il va saigner.

"Et si le 'shérif' est prévenu ? Il doit faire sa ronde dans la rue.

Comme personne ne semblait disposé à porter le blessé, le gérant du bar a ordonné à l'un des commis de rechercher le « shérif et de lui signaler l'incident. Un quart d'heure plus tard, il le trouva dans une des tavernes et l'invita à revenir avec lui au joint. Le "shérif", qui ressemblait à un homme énergique, jeta un coup d'œil au rancher qui gisait par terre avec un mouchoir imbibé d'alcool que quelqu'un avait appliqué sur la blessure et demanda :

"Qu'est-il arrivé?

"Un accident. Quelques-uns se sont disputés à propos d'un mouvement douteux et se sont attaqués. L'un a jeté un tabouret sur un autre, mais quand il l'a raté, il a frappé cet homme à la tête et l'a blessé.

Qui étaient les combattants ?

"Eh bien... les amis de Gregory Scott.

« Hmm ! Je ne sais pas comment je fais, que je trouve toujours Gregory et ses vautours mêlés à des problèmes. Gregory n'était-il pas là ?

« Il vient de sortir. Il discutait depuis un moment avec le blessé et Roger, puis ils se sont dit au revoir.

Roger resta impassible sur son siège.

Le "shérif" s'adressa à lui en lui demandant :

« Qu'est-ce que cet homme a traité avec Gregory ?

« Ils échangeaient des impressions sur un lot que cet éleveur voulait vendre. Apparemment, ils sont parvenus à un accord pour la vente et Gregory est parti, restant pour le voir où il a le bétail. Je n'en sais pas plus.

« D'accord, voyons, deux d'entre vous m'aident à amener cet homme chez le médecin le plus proche. Où sont les combattants ?

« Ils sont partis d'ici interpellés et on n'en sait pas plus.

McClellan a été soigné par un médecin voisin, qui a subi une blessure à la tête assez profonde et une commotion cérébrale.

Le médecin a conseillé qu'une fois guéri, il devrait être emmené à l'hôpital, où il devrait rester quelques jours, si la plaie ne se compliquait pas.

Le « shérif » regagna ses bureaux et confia à l'un de ses commissaires la charge de gérer le transfert.

Avant, pour savoir qui était le blessé, il fouillait ses vêtements. Il a trouvé des documents qui prouvaient sa personnalité et son origine. Il trouva aussi soixante dollars dans la poche de son pantalon, mais rien de plus.

Le « shérif » a appelé un autre de ses commissaires, car il en avait deux à ses ordres et a déclaré :

« D'après ce que je peux dire, cet homme essayait de vendre un paquet qu'il avait apporté d'Encinal. Apparemment, il ne devrait pas être très grand, alors cherchez un petit paquet à la périphérie et découvrez lequel appartient à cet homme. Quelqu'un doit être venu avec lui conduire le paquet et ses pions doivent être informés. Avec ce que vous découvrirez, venez me voir plus tard.

Le commissaire, obéissant à l'ordre, quitta la ville en suivant le cours de la rivière.

Saúl attendait nerveusement le retour de son employeur. Il n'avait aucune raison de s'inquiéter, mais il n'aimait pas être séparé de son employeur, car dans cet endroit dangereux, en pleine nuit et avec dix mille dollars en poche, il était très exposé à se promener seul.

Le temps passa et McClellan n'apparut pas. Cela ne faisait que rendre nerveux le fidèle contremaître.

Et il était sur le point de quitter le paquet et de retourner en ville à la recherche du rancher, lorsqu'un des commissaires du shérif s'est approché de lui.

Le commissaire, après avoir dit bonsoir, demanda :

« À qui appartient ce groupe ?

McClellan Nilson d'Encinal.

Êtes-vous un pion dans son équipe?

« Je suis votre contremaître et je m'appelle Saúl Perkins.

« Savez-vous où est passé votre employeur ?

« Oui, commissaire. Dans la soirée, nous avons passé un accord avec un marchand de bétail, dont on nous a dit qu'il s'appelait Gregory Scott, et mon employeur a passé un accord avec lui pour lui vendre le paquet. Ils étaient là à regarder les cors et ils ont défilé pour finaliser la vente. J'attends le retour de mon employeur, qui est assez tard.

«Et ce sera encore plus retardé. contremaître. Son employeur est actuellement à l'hôpital de San Antonio.

Saul se raidit comme un poteau.

« Que dites-vous ? Est-ce que... ils l'ont volé et ?...

"Autant que l'amarrage, non, mais quand, apparemment, il est parti" The Silver Dollar ", des gars avec un état assez douteux ont provoqué une bagarre et quand ils se sont jetés un trottoir l'un sur l'autre, ils ont raté leur but et se sont cognés la tête à son employeur, qui est resté sans raison. Mon patron est venu le chercher pour le soigner et a dû être envoyé à l'hôpital, où il devra rester quelques jours jusqu'à ce que la blessure guérisse. Mon patron m'a envoyé pour savoir où son bundle était de vous informer de l'accident.

Saul était devenu livide quand il avait entendu l'histoire. Maintenant plus que jamais, il se sentait blessé d'avoir laissé le rancher tranquille.

Nerveux, il demanda :

« Dites-moi la vérité... Est-ce grave ?

« Cela ne semble que relativement, si aucune complication ne survient. Le pire, en ce moment, c'est le choc qu'il subit,

« Êtes-vous en train de dire que vous avez été blessé lorsque vous avez quitté « The Silver Dollar » ?

« C'est ce que les témoins ont témoigné.

« Ensuite, il aurait déjà dû conclure le contrat de vente et avoir l'argent en poche. L'avez-vous ramassé?

« Ils n'ont trouvé que quelques dollars dans la poche de son pantalon.

Saúl a été suspendu un instant. Tout cela lui semblait si étrange qu'il ne pouvait pas tout à fait s'y adapter.

« Je ne comprends pas, commissaire. Mon patron est allé au joint avec tout ce dont on parlait pour vendre le bétail à Gregory Scott et s'il était blessé en sortant, il devait emporter l'argent avec lui.

« Il ne le portait pas et en ce qui concerne vos relations avec cet oiseau, n'avez-vous pas trouvé un type plus dangereux avec qui conclure des affaires ?

Dangereux dites-vous ? Qui nous a mis en contact avec lui a assuré qu'il était l'un des trafiquants les plus sérieux et honnêtes de San Antonio. Son apparence semblait d'accord avec celui qui nous a informés,

« Et qui vous a informé ?

« Un individu qui nous a vu arriver avec le bétail et s'est offert pour être un pion de la route. Quand nous lui avons dit que nous n'avions pas besoin de lui, car notre idée était de vendre le bétail ici et de ne pas aller à Abilene, il était bavard et nous a donné beaucoup d'informations à ce sujet. Il nous a dit que seuls quelques revendeurs valaient la peine d'être traités et a proposé de nous en présenter un. C'est lui qui nous a mis en contact avec Gregory Scott.

« Très ingénieux, tout ce contremaître, mais je suis désolé de vous dire qu'ils vous ont mis dans un labyrinthe un peu étrange. Ce Roger, s'il est celui que je soupçonne, est sous Scott, qui est le voyou le plus dangereux et le plus insaisissable de tout San Antonio. Il a flairé l'entreprise et a travaillé avec succès pour l'organiser.

« Alors, pensez-vous que Scott… a pris des mesures pour garder le bétail et l'argent ?

"Je ne sais pas, mon ami. Scott n'était plus dans la taverne quand son patron a été blessé, pour lequel il ne peut être accusé de rien ; mais puisque ceux qui ont déclenché la bagarre sont connus comme ses amis, il est raisonnable de supposer que ils avaient monté un piège pour lui voler son argent.

« Qu'avanceraient-ils si le bétail ne leur avait pas été livré ?

"Je ne sais pas. Tout est tellement confus que tant que votre employeur ne reprendra pas conscience et ne parlera pas, il ne sera pas possible de clarifier ce qui s'est passé. C'est pourquoi nous ne savons pas si l'affaire a été achevée, pas même si le l'employeur a effectivement reçu de l'argent.

Saúl, de plus en plus confus, ne savait que faire. Son impulsion était de courir au village pour voir son maître, mais il n'a pas osé laisser le bétail abandonné.

Finalement, le désir de le voir et de connaître son véritable état était plus fort que tout et, se tournant vers l'un des trois péons qui l'avaient accompagné, il dit :

« Vous avez déjà entendu. Le patron est à l'hôpital et mon devoir est d'aller le voir et de me renseigner sur son état. Je vous laisse à la garde du bétail et sous aucun prétexte vous ne les donnerez à qui que ce soit. Si quelqu'un vient le chercher, tu lui dis d'attendre mon retour, compris ?

Les trois ont affirmé qu'ils le feraient et Saúl, avec le commissaire, est retourné à la ville.

« Où est l'hôpital ? » je demande.

"Vous n'avanceriez rien en ce moment en vous présentant là-bas, car ils ne les laisseraient pas entrer. Je ne l'aurais que si j'étais accompagné du" shérif ". Par conséquent, je pense que la meilleure chose à faire est de venir avec moi dans les bureaux et de parler à mon patron. Vous pouvez clarifier certaines lacunes que vous jugez les plus appropriées.

Saúl s'est résigné. En revanche, il voulait entendre de la bouche du "shérif" des détails qui lui manquaient également pour juger l'affaire.

Lorsqu'ils arrivèrent aux bureaux, le commissaire présenta Saúl en disant :

« Patron, voici le contremaître du blessé. Je le lui ai apporté parce qu'il voulait aller à l'hôpital pour voir son patron.

Le « shérif » a pointé un siège en disant :

« Ils l'ignoreraient s'il se présentait et, par contre, je ne ferais rien en le voyant, s'il est privé de connaissance. Il faudra attendre qu'il se rétablisse. Par conséquent, il vaudrait mieux que vous attendiez qu'il fasse jour et en attendant, vous feriez bien de m'informer de tout ce que vous savez à ce sujet. J'ai le sentiment que c'est quelque chose de très ferme, de donner de l'aversion à quelqu'un. J'essaie de piéger un gars depuis longtemps, et jusqu'à présent, il était très doué pour manger le fromage et éviter les stocks.

« Vous voulez dire cet homme nommé Gregory Scott ? Son commissaire m'a dit quelque chose de désagréable à son sujet.

"C'est ce que je veux dire. C'est le voyou numéro un de San Antonio et il a un dossier assez noir ; mais il est habile et sait faire les choses en évitant toute épreuve qui lui ferait du mal. J'attends toujours de trouver quelque chose de tangible auquel appliquer le poids de la Loi, mais je n'y suis pas parvenu. Les preuves morales sont inutiles, et les preuves matérielles leur échappent avec une étonnante habileté. Bien sûr, il y a un dicton qui dit que « la cruche va tellement à la source qu'elle se brise jamais » et je cherche la pierre où elle trébuche et brise son bouclier. Dis-moi ce que tu sais pour voir si c'est utile pour quelque chose.

Saúl, tendu, l'informa de tout ce qu'il avait parlé avec Roger, comment il les avait emmenés à "Le Dollar d'Argent" pour les mettre en contact avec Grégoire et comment lui, après être allé voir le bétail et donner son accord, il avait marché avec McClellan pour finaliser la vente et remettre l'argent.

Le « shérif », après avoir écouté attentivement, a déclaré :

"Maintenant, ce qui reste à savoir, c'est si la transaction a été faite et si son employeur a signé le reçu de vente et a reçu l'argent, Roger, qui était au bar quand je suis arrivé, a déclaré que son employeur et Gregory avaient essayé de vendre du bétail. , mais qui n'en savait pas plus. Je soupçonne qu'il savait, ou sait tout, mais il a voulu s'éclipser et ne pas lâcher sa langue.

Si, comme cela semble logique, la transaction a été faite, Grégoire, trop habile, a éludé sa responsabilité personnelle en la matière, comme il est prouvé par des témoins impartiaux qu'il a quitté le tripot avant que la bagarre n'éclate. Mais cela ne dit rien, car tout, il pouvait être prêt à couper son patron lorsqu'il tentait de partir après le départ de Grégoire et, d'une manière ou d'une autre, saisir l'argent qu'il avait reçu de la vente du paquet.

« Si vous pensez que Gregory pourrait vous donner l'argent, risquant l'échec du plan s'il y en avait un ?

"Pourquoi pas ? Gregory gère l'argent et finalement il ne perdrait rien, car s'il payait le bétail et qu'ils signaient l'acte de vente, le bétail est à lui et vaut l'argent investi.

« Comment ? Avez-vous... le droit de garder le paquet après le vol de l'argent de mon employeur ?

« Légalement bien sûr que oui. Il a payé le bétail et, en retour, il aura reçu un document de vente. Devant la Loi, il est propriétaire du bétail s'il n'est pas prouvé qu'il a participé au vol de l'argent, car il prétendra avec un motif tordu qu'il ne peut être responsable de la saisie par d'autres individus de l'argent de son employeur, quand il a été blessé et qu'ils ont essayé de le servir ou ils ont fait semblant, juste avec l'idée de voler son argent.

« Si ce n'est pas ce type, l'incident est quelque chose qui pourrait se produire en dehors de lui, car ici il y a beaucoup d'indésirables capables de voler l'haleine d'un moustique. Il suffisait qu'ils aient vu l'échange d'argent pour se mettre d'accord et le voler là ou ailleurs. Il n'est pas le premier à se faire voler en pleine rue pour le dépouiller de ce qu'il venait de recevoir ou de gagner.

"Alors" demanda Saul avec angoisse. Si ce type se présente ce soir comme il l'a dit, pour s'occuper du bétail, est-ce que je... dois-je le lui donner ?

« Conformément à la loi ; c'est ainsi que cela devrait être et il pourrait demander mon soutien avec le contrat de vente en ordre. C'est quelque chose que je crains et j'essaie donc de savoir s'il existe des preuves suffisamment solides pour l'empêcher et même pour contrarier Gregory.

"Pourquoi n'arrêtes-tu pas ce Roger ? Il était le lien...

« Pensez-vous que cela en donnerait la preuve ? Roger est une tortue avec de nombreux coquillages. Je dirais que Grégoire lui donne une commission pour lui fournir du bétail qui lui convient et, puisqu'en réalité, Grégoire a contrôlé légalement des taureaux et commerce avec eux sur la route, il ne déclarerait pas qu'il était à l'origine des plans élaborés voler de l'argent à son employeur aurait simplement signé le reçu. Roger ne servirait pas légalement, à moins qu'il ne décide de signaler des choses qu'il sait, et il ne le ferait pas, car il sait qu'en agissant ainsi, il aurait signé son arrêt de mort.

« Il ne reste plus qu'à découvrir qui sont ceux qui ont fait la bagarre ou ont fait semblant de la monter, pour blesser leur employeur et le priver de son argent. J'ai ordonné que des enquêtes soient faites pour localiser les émeutiers ; mais je crains que cela ne soit long à être connu et encore plus long à les localiser, car ils auront pris soin de se camoufler rapidement pour effacer la trace et rendre plus difficile la clarification de la vérité.

Saúl, qui devenait de plus en plus agité, s'exclama avec enthousiasme :

« Non, ça ne peut pas être ! Vous avez le pouvoir d'intervenir et de suspendre le droit illégal de Gregory de prendre le bétail. Il y a quelque chose de confus dans tout cela et c'est à vous d'éviter le pillage.

« Parce que gardez à l'esprit que Gregory s'est arrangé pour se présenter ce soir pour prendre le bétail. Il a dit qu'il le rejoindrait avec une meute plus importante qui partirait à l'aube en route pour Abilene, et s'il le prend, mon patron aura perdu son bétail et son argent, le mettant au bord de la ruine.

« Je vous prie de venir avec moi pour attendre l'arrivée de cette foule et je demande que le bétail intervienne jusqu'à ce que tout soit éclairci. Faites-le comme ça, parce que si vous ne le faites pas, je vous jure que je tirerai sur tous ceux qui se présenteront là-bas avec le prétexte qu'ils vous donnent leur bétail ».

Le "shérif", se rendant compte de la gravité du raisonnement, dit :

"Eh bien, essayons. Cette affaire devient très moche et j'ai peur que cela se termine de manière désagréable.

Il appela le commissaire, lui ordonna de se joindre à eux et tous trois se rendirent à l'endroit où avait été le paquet.

CHAPITRE V

LA FIN D'UN COMPLOT

Les pions de McClellan étaient en attente après l'ordre de Saul. Les nouvelles qu'ils avaient reçues concernant leur employeur les avaient impressionnés. Il n'y avait pas trois quarts d'heure que Saul avait quitté le bétail lorsque Grégoire fit son apparition, accompagné d'une demi-douzaine de gars qui, à en juger par leur tenue, ressemblaient à des cow-boys.

Grégory a demandé :

« Où est votre contremaître ?

Le pion n'a pas voulu l'expliquer et a seulement dit :

« Il est allé au village. Vous voulez?

« Il a accepté d'attendre ici. Je suis venu récupérer le bétail que j'ai acheté à votre patron.

« Vous devrez soit revenir plus tard, soit attendre que l'un d'eux revienne. Je ne suis pas autorisé à livrer un seul bœuf en l'absence de mon employeur et de mon contremaître.

« Je vous préviens que ce bétail est à moi depuis une heure. En cas de doute, voici le document de vente avec la signature de votre employeur.

« Je ne le conteste pas, mais vous l'enseignez à notre contremaître ou vous attendez le retour du patron.

« J'ai hâte et ils le savent. Nous avons convenu que l'opération se ferait ce soir, car ces bovins doivent partir pour Abilene à l'aube. S'ils se sont reposés, je ne l'ai pas fait et j'ai besoin du bétail tout de suite.

"Je le répète...

Il ne pouvait pas finir la phrase. Les compagnons de Gregory, qui s'étaient positionnés stratégiquement pendant que le joueur se disputait avec l'ouvrier, ont rapidement tiré leur revolver sur un signal que l'un d'eux leur a fait et quand les trois cow-boys de McClellan ont voulu réagir et se mettre sur la défensive, il était trop tard, car une demi-heure une douzaine de « Colts » les menaçait sinistrement.

« Lève les bras, vite ! Grégoire a ordonné. Personne ne s'oppose à moi quand la raison est la mienne. Levez les bras si vous ne voulez pas que mes hommes vous tirent dessus.

Il n'y avait pas d'option ; ils avaient pris la tête et toute tentative de défense était de s'exposer à recevoir quelques onces de plomb sans possibilité de les rendre.

Les trois pions, tendus, obéirent et Grégoire ordonna :

« Mettez-les dans une position afin qu'ils ne gênent pas.

L'un, sans lâcher le « Colt », qui visait fermement, s'avança et la première chose qu'il fit fut de dépouiller les trois péons de leurs revolvers. Lorsqu'ils étaient désarmés et ne constituaient aucun danger, il ordonna à nouveau :

« Attachez-les bien et laissez-les n'importe où. Lorsque son patron ou son contremaître viendra, il se chargera de les délier.

Sans pouvoir rien faire pour s'échapper, les trois ont été ligotés et enfermés par les pieds. Puis ils les ont écartés, les laissant par terre.

« Allez, vite ! « Gregory a prévenu » J'ai besoin de ces bovins en toute sécurité avant que les choses ne se compliquent.

Maintenant sans entrave, les compagnons de Grégoire forcèrent les cornes à se lever, mais pas très volontiers, et rapidement, montant les chevaux qui les avaient amenés là, poussèrent le paquet hors du creux.

Grégory a ordonné :

« Emmenez-les au corral et surveillez-les bien. Je retourne en ville où j'ai encore des choses urgentes à faire. Ceci est effacé.

Le troupeau, beuglant de rage d'avoir été réveillé de son sommeil, s'éloigna vers l'Est et quand ils étaient déjà loin, Grégoire se mit en route pour le village.

Un sourire narquois s'étira sur ses lèvres. Le coup d'État s'était déroulé sans une seule erreur et le "shérif", peu importe combien il essayait d'affiner ses enquêtes, ne pouvait jamais lui reprocher quoi que ce soit de ce qui s'était passé. Il avait un solide alibi montrant qu'il avait abandonné "The Silver Dollar" avant que le combat n'éclate et que l'éleveur ne soit attaqué.

Et puisqu'il pouvait justifier qu'il avait payé le bétail, selon le reçu signé par McClellan, personne n'avait le droit de contester qu'il les ait pris, même si c'était de force en lui refusant la livraison de ce qui lui appartenait. Il est vrai que le « shérif » devait découvrir que l'incident avait été causé par des amis à lui, mais il ne pouvait être responsable de ce que faisaient ses amis et bien plus quand il n'était pas présent.

Et quant à l'argent manquant, qu'il prouve qui l'avait volé.

Grégoire ne dédaignait pas que l'affaire produirait une atmosphère un peu dense et que les choses seraient pour lui en effervescence pendant quelques jours ; mais comme l'éleveur n'était pas mort, mais n'avait reçu qu'une blessure qui, apparemment, n'était pas mortelle, l'affaire serait oubliée plus ou moins tard et il aurait bénéficié d'un bon nombre de bétail sans payer plus qu'une petite partie répartie entre ceux qui l'avaient détaché.

Pour que ceux-ci disparaissent de la circulation pendant quelques jours, il suffirait que le "shérif" s'ennuie et finisse par oublier l'incident, d'autant plus que l'intéressé, une fois sorti de l'hôpital, devrait retourner dans son ranch sans pouvoir y rester pour enlever une affaire aussi difficile et diluée que cela.

* * *

La surprise du "shérif", de Saúl et du commissaire, lorsqu'ils atteignirent le creux et le trouvèrent vide de bétail, fut énorme, Saúl, lançant un juron retentissant, beugla :

« Qu'est-ce que cela veut dire ? Comment le bétail a-t-il disparu et où sont mes pions qui ont permis ? ...

Le commissaire, qui cherchait quelque chose autour de lui, cria :

« Je vois des grumeaux là-bas, patron. Les voir.

Il montra un endroit isolé, où les trois péons, ligotés et bâillonnés, luttaient pour se libérer de leurs liens.

Ils coururent à leur secours et, après les avoir lâchés, Saul beugla :

« Que s'est-il passé ? Comment avez-vous été surpris ?

L'un des pions grogna :

« Si vous aviez été ici, la même chose vous serait arrivée. Ils étaient six et ce cochon Gregory et pendant que je discutais avec lui en lui disant d'attendre que vous reveniez, ses hommes nous ont pointés du doigt et nous ne pouvions rien faire pour nous défendre.

« Il est venu en montrant un morceau de papier qu'il prétendait être le reçu pour avoir acheté le bétail au patron et il était très indigné parce que vous ne l'attendiez pas comme convenu. Ils nous ont mis hors de combat et ont emporté le bétail ».

Saul rugit de courage. Non seulement ils avaient volé de l'argent à leur employeur, ce dont il n'était pas responsable, mais ils avaient pris le bétail et cette disparition était considérée comme responsable.

« Hell's Bells ! « Il a rugi », Où sont passées nos cornes ?

Le pion indiquait :

« Par les ordres que Grégoire a donnés à ses hommes, ils ont été emmenés dans un corral à lui.

« Un corral à vous ? Savez-vous o est ce corral, shérif ?

« Oui, mais... que pouvez-vous faire ? Légalement, le bétail leur appartient et ils ne les lâcheront pas. Un processus très compliqué devrait être suivi et ce n'est qu'en prouvant la culpabilité de Gregory qu'il pourrait exiger le remboursement. Lorsque cela sera réalisé, s'il est atteint, où sera le bétail ?

Saúl a fait travailler son cerveau à pleine pression. Il n'était pas résigné à tout perdre et cherchait au moins un moyen de sauver le bétail.

Finalement, croyant trouver une solution, il demanda :

"" Shérif "... êtes-vous convaincu que Gregory est un voleur et un voyou sans précédent ?

"J'ai cette conviction depuis longtemps, mais il est si intelligent que je n'ai jamais réussi à le mettre sur le net, peu importe à quel point j'ai essayé.

« Bien, mais voici quelque chose que vous pouvez faire avec un droit parfait.

"Le fait que?

« Mes pions ont été écrasés, menacés et menottés. C'est quelque chose qui est en dehors de la loi et vous pouvez en exiger la responsabilité.

« Que ferions-nous avancer ? Grégoire prétendra que la livraison a été refusée et que, faisant usage de son droit, il a pris le bétail.

« Il avait le moyen légal de venir vous voir et d'exiger qu'ils lui soient remis. Ce que vos hommes ont fait doit être puni.

« Lequel ? Je peux imposer une amende ou quelque chose de similaire.

« Peu m'importe ce qu'il peut leur imposer, ce qui m'importe c'est qu'en usage légal de son autorité, il se présente au corral et oblige ses ouvriers à le suivre dans ses bureaux, où il devra faire une déposition. les accusant de cet abus de force. et menace. Je ne suis intéressé que si vous les emmenez de là pendant quelques heures.

« Je ne pouvais pas prendre tout le monde. S'ils laissent le bétail abandonné et deviennent incontrôlables ...

« En tant que corral, c'est une réserve fermée, avec laquelle il suffit d'en laisser une. C'est ce dont j'ai besoin.

"Pour que?

«Pour le frapper en retour. Il a volé notre argent et notre bétail. Ce serait de protéger un voleur en protégeant le produit du vol et mon idée est que, pendant que vous emmenez ces gars dans les bureaux, même si plus tard vous les relâchez en les punissant d'une amende, saisissez le bétail qui est légalement le nôtre et emmenez-le loin pendant qu'il saisit. les a pris. Vous ne pouvez être tenu responsable de ce qui se passe hors de votre portée et, si Grégory le souhaite, de porter plainte pour vol ultérieurement.

« Peut-être que cela compliquera un peu la situation et qu'il s'empêtrera lui-même dans cette toile dont il s'est toujours échappé. Je veux vous avertir que je ne suis pas un homme qui laisse en l'air aucune attaque contre moi et que je suis prêt à faire deux choses ; un, pour sauver le bétail et, un autre, pour aller aussi loin que je peux pour tenter de prouver que ce vautour a organisé l'astuce pour voler mon patron. Ils étaient sur le point de vous tuer, ainsi que de vous voler, et si vous ne pouvez rien faire de plus positif contre cet homme, vous pourriez bien m'aider à essayer.

Le « shérif » réfléchissait à la proposition et, finalement, prenant une décision drastique, il a répondu :

"Vous avez raison. Lorsque les procédures habituelles ne servent pas à punir ceux qui le méritent, il est juste de procéder par des chemins plus égarés pour atteindre l'objectif proposé. J'irai au corral et j'emmènerai ceux qui gardent le bétail ; même Gregory s'il est là.

« Vous ne le trouverez pas. Vous avez entendu dire qu'il est allé au village.

« Allez, commissaire.

Saúl, entendant l'ordonnance, est intervenu :

« Je vais le suivre à distance pour savoir où se trouve le corral. J'irai avec mes péons et nous resterons cachés jusqu'à ce que nous le voyions partir avec ceux qui gardent le corral.

« Que fera-t-il et où emmènera-t-il le bétail s'il peut le récupérer ?

« Je ne sais pas encore, mais je vais y réfléchir. Ce que je promets, c'est que Grégory ne le récupérera pas et que je lui rendrai visite pour lui rendre compte de ce qui se passe. J'ai l'intention de rester à San Antonio jusqu'à ce que mon employeur soit guéri et quitte l'hôpital. Demain, quand le bétail sera sain et sauf, j'irai vous voir à l'hôpital et ensuite je vous rendrai visite.

"Très bien. J'aime les gens déterminés comme vous et pour moi ce serait un plaisir si quelqu'un en dehors de mes activités, restreint par la loi, me donnait l'opportunité de pouvoir lui donner une aversion. Il n'y a pas si longtemps, il avait pris un rival qui était sur son chemin et cherchait un prétexte pour le liquider sans pouvoir lui reprocher de meurtre.Il est glissant comme un serpent.

« Les serpents ont aussi tendance à tomber sur quelqu'un qui sait les chasser. Un jour, cela sera démontré.

Ils partirent dans la splendide lueur de la lune. Le corral de Grégoire était situé à plus d'un kilomètre et demi, à un endroit sur le côté de ce qui était autrefois la grande route où venaient presque toujours les troupeaux du Sud.

Alors qu'ils s'approchaient, le « shérif » indiqua :

« Le corral est sur la droite à environ deux cents mètres.

— Eh bien, nous resterons ici derrière cette haie pendant que vous arriverez au corral. Je suppose que nous le verrons quand il rentrera en ville.

« Oui, je passerai à quelque distance d'ici.

Saúl et ses ouvriers se sont cachés derrière la haie et le "shérif", avec le commissaire, a continué à avancer jusqu'à ce qu'ils aient atteint le corral.

Quelqu'un qui gardait l'entrée les arrêta :

« Qui y va ? Ne continue pas.

Le shérif, furieux, beugla :

«Gardez cette arme et mordez-vous la langue que ce n'est pas moi qui admets les ordres mais qui les donne. Je suis le "shérif" avec un de mes commissaires.

Le voyou hésita, mais il savait combien il était dangereux de s'opposer au « shérif » et il obéit.

« Excusez-moi », a-t-il dit, « mais il y a beaucoup de voyous là-bas et nous avons un millier de bovins dans le corral.

"Je suis d'accord avec votre opinion. Il y a beaucoup de voyous là-bas et ailleurs.

Il s'avança et, mettant pied à terre devant la porte, demanda :

« Où est ton patron ?

"Dans la ville.

« Combien de personnes sont ici pour garder le bétail ?

« Nous sommes quatre pions.

« Vous avez dit pions ? Je vous appellerais quelque chose de plus approprié.

"Vous pouvez appeler les gens comme vous voulez parce que vous vous réfugiez dans cette étoile.

« Je ne me réfugie en rien. Quand je dis que je les appellerais autrement, c'est parce que j'ai des raisons. Vous avez pillé un paquet de M. McClellan ce soir et non seulement vous avez pris le bétail, mais vous avez menacé de tuer les péons qui le gardaient et vous les avez maltraités et liés comme un troupeau de béliers. Est-ce qu'ils ignorent que cela a une sanction ?

Le furieux susmentionné s'écria :

« Vous êtes mal informé. Ces bovins sont la propriété de M. Scott. Il les a achetés ce soir, les a payés en espèces sonnantes et trébuchantes et a reçu en échange un document prouvant qu'il les avait payés et qu'ils étaient les siens. Ils s'étaient arrangés pour vous les livrer cette nuit même, et conformément à l'accord, nous sommes allés les chercher. Ils n'ont pas voulu nous les donner ni accuser réception du récépissé prouvant la légalité de la réclamation et, au vu de cela, nous avons décidé de les prendre car ils provenaient de l'employeur. Si les pions devaient être réduits, c'était de leur faute et ils auront vérifié que personne ne leur a fait de mal.

« D'accord, mais ils ont eu recours à la violence et c'est punissable. S'ils refusaient, le chemin devait venir à moi. Présentez-moi le document prouvant que le bétail appartenait à son patron et moi, avec mon autorité, aurais forcé la livraison. Marcher sur mon terrain et agir comme si l'autorité était entre vos mains et non les miennes, est une chose à laquelle je ne consens pas. Par conséquent, comme on m'a présenté une plainte pour abus et mauvais traitements envers les travailleurs, je suis venu vous chercher pour m'accompagner dans mes bureaux pour y faire une déclaration. Ce que j'ai contre vous dépendra de ce qui en sortira.

"On ne peut pas laisser le bétail à l'abandon", s'indigne l'indésirable. Trouvez Grégory et dites-lui...

« Gardez vos conseils pour vous, je n'en ai pas besoin. De Grégoire j'exigerai la responsabilité qui lui correspond, mais tu ne seras pas laissé sans répondre de l'excès. J'en ai marre des excès qu'ils commettent d'une manière ou d'une autre et cela va s'arrêter.

« Si c'est vous quatre, si l'un de vous garde la porte, il y en a assez. Les autres viendront avec moi et à leur retour, l'autre devra se présenter immédiatement à mes bureaux ».

Le péon, déjà hors de lui, répondit brusquement :

"Je lui dis de trouver Gregory et qu'il...

«Je lui dis de venir avec moi sur place et de ne pas jouer à des jeux, je n'ai pas la patience pour beaucoup de blagues. Vous rendez ma nuit amère et je ne suis pas prêt à ce qu'on se moque de moi. Ils m'accompagneront pour le bien, mais ils veulent que je fasse appel à la force et ce sera mal si je dois leur montrer comment je sais m'en servir. Tu ferais mieux de garder ton intempérance et de me suivre si tu ne veux pas que je te chasse de San Antonio pour toujours.

La menace était sérieuse, car s'il les chassait de la ville et qu'ils osaient y retourner, il n'hésiterait pas à les enfermer un moment.

Se mordant les lèvres, il hurla :

"Vous êtes la force et nous devons nous humilier, mais si quelque chose arrivait en notre absence, vous seriez responsable.

« C'est mon truc et pas le tien. Choisissez celui qui doit rester et les autres marchent devant moi.

Ils furent contraints d'obéir et, laissant l'un garder le corral, les trois autres suivirent le « shérif » et le commissaire sur le chemin du village.

CHAPITRE VI

AVEC LEURS MÊMES ARMES

Saúl et ses trois péons, cachés dans la haie, virent passer non loin le groupe formé par le "shérif", son commissaire et trois des indésirables. Saúl calcula que si quelqu'un avait été laissé pour s'occuper du corral, il ne pouvait pas y en avoir plus d'un ou deux.

Et quand ils étaient loin et ne constituaient pas un danger pour eux, Saül ordonna :

Marche à pied. Je ne sais pas avec qui nous pouvons traiter, mais je suppose que ce ne sera pas plus de deux. Vous devez venger l'affront reçu et rendre ce qu'ils vous ont fait avant.

Les péons furieux déclarèrent que cette fois ils se vengeraient et tous les quatre se dirigèrent vers le corral.

Peu de temps après, ils l'ont découvert. Quelques bêtes, nerveuses à cause de l'étroitesse de l'enclos, beuglaient avec colère en dénonçant leur présence.

Saúl a donné l'ordre de porter les revolvers cachés dans la paume de leurs mains et s'ils voyaient que la situation pouvait mettre leur vie en danger, ils devaient tirer sans aucune réflexion.

Une voix menaçante les arrêta :

« Derrière ! Ici, ils n'ont rien perdu.

Comme les pions, ou faux pions, que Grégoire avait envoyés pour saisir le bétail, ils ne connaissaient pas Saul, car il n'était pas parmi leurs pions lorsque la surprise s'est produite, il n'a pas pu être reconnu par le gardien du corral et Saul, hardiment , Il s'avança en disant d'une voix rauque :

Gardez vos mains silencieuses. Le chef nous envoie renforcer la garde du corral. Il semble qu'il redoute l'intervention du "shérif" et...

"Le" shérif "? Il est déjà intervenu et a emmené tout le monde sauf moi. Il veut nous imposer une amende pour l'agression du paquet et je ne sais pas quoi d'autre. Bon, allez-y et je suis content que le le patron t'a envoyé, car c'est comme ça que tu vas t'occuper de ça pendant que je cours au village le chercher, pour qu'il sache ce qui se passe. J'ai peur que le "shérif" enferme dans ses cages ceux qui à été pris ...

"Eh bien", dit Saul en essayant de cacher la joie que la décision du voyou produisait en lui, "si vous pensez que vous devriez aller le voir, faites-le. A ce moment-là, c'était dans "The Silver Dollar".

« Alors, je pense que je serai de retour dans une heure. Je vais prendre mon cheval.

Il se retourna pour trouver sa monture. Saül fit signe à ses péons de rabattre le bord de leur chapeau sur leurs yeux. Bien que la lune brillât, à distance et avec leurs chapeaux inclinés en avant, il n'était pas très facile pour les indésirables de les reconnaître.

Il sauta sur la chaise et dit :

« Prenez bien soin de cela et ne permettez à personne de s'approcher du corral. Je reviens tout de suite.

"Ne vous inquiétez pas, nous ne laisserons personne s'approcher.

Le type oblige sa monture à galoper et Saul, tendu, attend qu'il s'éloigne. Quand il fut hors de vue, il ordonna nerveusement :

"Rapide! Ces bovins doivent être sortis d'ici.

"Mais, qu'allons-nous faire d'eux ? Grégoire ne tardera pas trop à savoir ce qui s'est passé et à essayer de les secourir. Mille cornes ne sont pas gardées dans la manche de la veste.

« Non, mais dans un endroit convenable pour les soustraire à la vue de quiconque et les défendre si nécessaire. Quand nous sommes arrivés, j'ai remarqué qu'à une vingtaine de milles d'ici, il y a un terrain idéal pour les camoufler. Une succession de pentes cache un terrain profond et là on peut les emmener. Prenant des positions en hauteur sur les pistes, plus d'une dizaine d'hommes peuvent être arrêtés à coups de feu. Dépêchez-vous, je m'occupe du reste.

Les péons ont ouvert la porte du corral et, tandis que l'un d'eux poussait les taureaux pour les forcer à partir, Saúl avec les deux autres péons s'assurait que les taureaux ne dégénèrent pas et étaient regroupés.

Quand presque tout le monde était sorti, il organisa le trajet, suivi du dernier à partir et, à toute vitesse, ils roulèrent vers le sud, guidés par Saul, qui était celui qui connaissait le terrain.

L'audacieux contremaître était fou de joie. S'il ne pouvait pas récupérer l'argent qui avait été volé à son employeur, il avait au moins récupéré le bétail et les pertes seraient minimes.

Mais malgré cela, il n'était pas satisfait du seul sauvetage. Grégoire l'avait humilié par ses manœuvres habiles et, en plus de voler son employeur, il avait été blessé à cause de lui. Tout cela avait un prix à payer et il n'était pas disposé à quitter San Antonio sans d'abord facturer le noyau dur indésirable.

Les hatajo, enragés par le manque de repos, galopent en beuglant intensément, mais ils gagnent du terrain et quittent la ville dans une marche démoniaque.

Saul a été favorisé par la belle nuit qu'il a faite. Ce n'est qu'avec un allié aussi précieux que cette grande lune ronde et splendide qu'il aurait pu réaliser son audacieux projet.

Ils galopèrent pendant près de deux heures, jusqu'à ce que Saul, qui marchait à l'avant-garde en scrutant le terrain, découvre l'endroit auquel il avait fait allusion. Impérieusement ordonné :

« Faites attention à ce que le peloton ne bouge pas. Je vais le reconnaître et trouver le meilleur endroit pour aller de l'autre côté et pouvoir laisser le bétail en toute sécurité.

Il trouva une large fissure et donna l'ordre de lancer les cornes à travers elle. À un kilomètre et demi, il y avait un trou très large où ils pouvaient être rassemblés.

La manœuvre s'effectua rapidement et sans encombre et lorsque le bétail atteignit enfin le trou, les états, fatigués de la marche et somnolents, se couchèrent sur l'herbe, cessant de meugler.

Saúl, satisfait, rassembla les trois péons en disant :

« Je retourne au village. Je veux être au courant de ce qui se passe là-bas et quand il fait jour, je dois rendre visite au patron de l'hôpital pour voir comment il va. Je ne sais pas quand je reviendrai, mais je vous laisse à la garde du bétail et j'espère que la surprise de ce soir ne se reproduira pas. Vous avez des armes, vous n'êtes pas des lâches et vous prenez position là-haut, vous pouvez bien défendre cela. Montez la garde un, pendant que les autres dorment un moment et attendez calmement, car je ne peux pas être sûr de quand je reviendrai.

« Je pense que ce sera avant la nuit prochaine. Si cela prend plus de deux jours, retournez avec le bétail au ranch et l'un de vous retourne à San Antonio pour savoir ce qui a pu m'arriver. Le patron a quelques semaines à l'hôpital et le "shérif" nous informait de tout.

Il ne voulait plus perdre de temps et, sautant en selle, il rebroussa chemin vers le village, mais, craignant de rencontrer des voyous au service de Grégoire, il choisit d'abandonner la piste et de galoper à travers le pays.

Il était tard dans la nuit, et avant longtemps, le soleil brillerait à nouveau. Il se sentait fatigué des journées de conduite et des incidents vécus au cours de cette nuit inoubliable, mais au fond, il prenait sa fatigue à bon escient en échange du succès qu'il avait obtenu et du contrecoup qu'il avait durement traité avec les indésirables.

Ce dernier, accompagné de "El Pecas" et satisfait du succès de son déménagement, était allé passer le reste de la nuit à "El Caballo Salvaje". Il ne voulait pas apparaître ce soir-là pour "The Silver Dollar", et au cas où le "shérif" viendrait le chercher et compliquerait la situation.

Le plus sûr était que le contremaître de McClellan a dénoncé l'assaut sur le paquet et que le "shérif" a essayé de savoir ce qui s'était passé.

Il jouait dans la salle avec son second lorsque, lorsqu'il leva les yeux et regarda vers la porte pendant que le "croupier" attendait le moment de commencer la roulette, il fut stupéfait de voir apparaître l'un des indésirables dans la salle. qu'il avait laissé garder le corral.

Devinant que quelque chose s'était passé pour que le gars le cherche, il se leva brusquement, disant à "El Pecas":

« Prenez en charge mes jetons. Voici James et je n'ai pas envie de sa présence ici.

Il sortit à la rencontre du voyou :

"Qu'est-ce que tu cherches ici?

"Diable ! Qu'est-ce que je vais chercher ? A toi. Ils m'ont dit que je le trouverais dans "Le Dollar d'Argent", mais il n'était pas là et je ne savais pas où le trouver.

"Alors ça ? Est-ce qu'il s'est passé quelque chose ?

« Bien sûr que c'est arrivé. Le "shérif" est apparu dans le corral avec un commissaire pour nous chercher. Ils lui ont dénoncé que nous avons saisi le bétail de force et maltraité les ouvriers et qu'il avait l'intention de nous emmener tous dans ses bureaux.

« Il a menacé de recourir à la force et à tout ce qui était nécessaire pour nous emmener et mes compagnons ont dû obéir, me laissant à la garde du corral. Vous nous avez dit que nous évitions d'affronter le "shérif" et que nous ne pouvions pas faire appel du revolver. "

« Alors, si on vous laissait seul, comment ? ...

« C'est que peu de temps après sont arrivés les quatre pions que vous avez envoyés en renfort et j'ai profité de leur présence pour les laisser aux soins du corral et je suis venu vous rendre compte de ce qui se passait, afin que vous...

« Qu'est-ce qu'il te reste quatre pions pour t'occuper de ça ? Quels pions ou qu'est-ce que l'enfer si je n'envoyais personne ?

"Non ? On m'a dit que tu les envoyais et moi...

Gregory devina quelque chose de ce qui s'était passé et, dans une réaction brutale, il tapota son bras et envoya un terrible coup de poing dans la bouche de James, l'envoyant à deux mètres.

Le coup de poing avait été si brutal que le voyou a été laissé au sol, privé de conscience et du sang crachant de sa bouche.

Gregory, sans s'arrêter pour attendre la réaction de ceux qui avaient assisté à la chute de James, se dirigea vers la porte à la recherche de la sortie. "El Pecas", sentant qu'il se passait quelque chose de grave, ramassa rapidement les jetons qui étaient sur la table et qui appartenaient à lui et à son patron et courut après lui sans se soucier de son compagnon tombé.

Il le rattrapa dans la rue et le rejoignit nerveusement :

« Quoi de neuf, patron ?

"Qu'est-ce que c'est ? On ne peut pas faire confiance à des abrutis comme James et d'autres. Je soupçonne qu'ils se sont moqués de lui et avec lui de moi et ont sauvé le bétail que nous avions saisi cet après-midi.

"Ce n'est pas possible!

"Pas?

« Si tu en avais laissé quatre en gardant ça…

"Oui, mais le 'shérif' est allé voir un commissaire et a pris les trois autres, les accusant d'avoir utilisé la violence avec les ouvriers pour saisir le paquet. Seul James est resté et… quelqu'un savait ce qui allait se passer car peu de temps après , quatre se sont présentés en disant qu'ils avaient été envoyés par moi, pour renforcer la surveillance du corral. James, l'idiot, n'a pas cessé de penser qu'il ne connaissait aucun de ceux qui se sont présentés et que c'était tout un truc à prendre Il les a laissés là pour venir découvrir ce qui s'est passé et je parierais ma tête contre un dollar, que quand on y va il n'y a pas une seule vache dans le corral.

"Hell's Bells! ... Si cela s'est passé comme ça ... dès que nous aurons localisé ces buharros, certains d'entre eux n'auront pas le temps de regretter la moquerie.

"Si nous les trouvons," Taches de son. " On va à " Le Dollar d'Argent " pour récupérer ceux qui sont là et on va passer au corral ; mais j'ai peur qu'il soit trop tard

« S'ils ont été pris, nous chercherons la piste et même si nous devons la suivre jusqu'en Enfer, nous la suivrons.

Ils se sont dépêchés de se présenter au tripot. Ils n'ont trouvé que quatre membres du gang jouant au poker.

« Prenez votre jeu et suivez-moi. Où sont tes chevaux ?

« Dehors, patron.

"Eh bien, cherchez-les.

Les chevaux de Gregory et '"El Pecas" étaient dans un corral voisin et ce dernier est parti à leur recherche.

Un quart d'heure plus tard, les six galopaient comme des démons en route vers le corral.

La fureur de Gregory n'a pas connu de limites lorsqu'il s'est rendu compte qu'il n'avait pas été dupe. Le corral était ouvert et solitaire.

"Je ne t'en ai pas parlé ? J'ai été battu à coups de poing et c'est la première fois de ma vie que personne ne fait un travail de ce genre sur moi.

« El Pecas » était aussi furieux que son patron et, examinant le terrain, il beugla :

« Nous pouvons chercher la piste. Il n'y a pas si longtemps qu'ils ont dû partir.

« Pensez-vous que c'est possible ? Oubliez-vous que ce côté de la prairie est écrasé par des milliers de sabots de bétail et que les empreintes se confondent pour former des sillons impossibles à discerner ? Par contre, à la lumière de la lune il est impossible de chercher ce qu'à la lumière du soleil c'est très difficile.

"Cependant, quelque chose doit...

Tous les six se raidirent en tirant leur revolver, mais un peu plus tard Grégory prévint :

« Gelez ! » Ce sont nos hommes qui reviennent.

En fait, c'étaient les trois voyous que le « shérif » avait pris.

Voyant Gregory en personne accompagné de "El Pecas" et de quatre autres, l'un s'est exclamé :

« Quoi de neuf, patron ? Parce que vous ?...

« Que se passe-t-il ? Regardez.

Et je montre le corral vide.

Il a arreté; quelques cavaliers galopaient en avant.

« Des cornes de démon ! Où est le bétail ?

— Ça, j'aimerais le savoir, Bem.

Mais comment a-t-il disparu ? James a-t-il été attaqué ?

« James est un connard. Ils ont été trompés par ceux que nous avions attachés des heures auparavant et ont pris le bétail.

Les indésirables ne sont pas sortis de leur étonnement. Cela semblait si inouï qu'ils ont eu du mal à l'intégrer.

"Et maintenant ça ? Demanda l'un d'eux.

« Maintenant, je ne sais pas, mais je vous jure qu'au fur et à mesure que nous découvrirons le bétail ou que nous saurons qui a conçu la pièce, Gregory Scott va se souvenir des secondes qu'il a fallu pour le mettre devant mon revolver.

"El Pecas", qui était un type subtil et méfiant, est intervenu pour dire :

« Patron, ne vous semble-t-il pas très étrange que dès que le « shérif » est venu les chercher, les autres se soient présentés pour prendre le bétail? Se pourrait-il que le « shérif » ait aidé à faciliter la tâche ?

Grégory se raidit, puis répondit :

"Je ne crois pas le 'shérif' capable d'une telle chose, même si je ne le dédaigne pas. Au contraire, je pense que, après la plainte, s'ils l'entendaient dire qu'elle allait venir nous chercher, ils prendraient profitent du détail et s'embusquent pour frapper alors qu'ils savaient que personne ou presque ne resterait ici.

« Quoi qu'il en soit, je vais rendre visite au 'shérif' et il m'entendra. Je vous tiendrai responsable du vol si vous ne retrouvez pas ceux qui l'ont commis. Légalement, le bétail est à moi et ce qu'ils ont fait est un vol flagrant. Pour un homme aussi méticuleux que le "shérif", il est indispensable de découvrir les voleurs.

"Et puisque rien ne peut être fait maintenant, je vous laisse ici pour que lorsque le soleil se lève, vous puissiez essayer de trouver l'indice si possible, bien que j'en doute."

Il était sur le point de partir, quand « El Pecas » lui a demandé :

« Que fait-on si on découvre le sentier ?

« Vous êtes six à ne pas perdre courage quand il s'agit de faire aboyer le 'Colt'. Suivez-le et si vous trouvez le bétail, j'espère que vous reviendrez avec eux. J'aurai mille dollars pour vous six, si vous l'obtenez.

« Nous allons essayer de les gagner. Maintenant, dis-moi où je peux te trouver si j'ai besoin de te voir.

"Je passerai le reste de la nuit dans" The Silver Dollar "et quand ce sera l'heure des affaires, j'irai rendre visite au" shérif. " Après, s'il n'y a rien de nouveau, j'irai dormir à l'hôtel. Mais tu peux t'y présenter si la visite est intéressante.

"C'est bon. Nous verrons ce qui est réalisé.

Grégoire monta à cheval et retourna au village. Dans sa vie, il avait été plus furieux que cette nuit-là.

Quelqu'un, sans tenir compte de son dossier, de son affiche dure et dangereuse et de la force qu'il représentait à San Antonio lorsqu'il était soutenu par une bande de voyous sauvages et sans scrupules, lui avait lancé un défi au visage et lui avait porté un coup qu'il n'aurait jamais pu imaginer. recevoir. C'était quelque chose qui réclamait une vengeance sanglante, et il était prêt à riposter en défiant tout ce qui devait être défié.

Il ne savait pas qui l'avait fait, mais il devait supposer que c'était le travail du contremaître de l'éleveur. Elle avait à peine fait attention à lui et réalisait maintenant qu'il était un ennemi très dangereux.

CHAPITRE VII

UN ENTRETIEN MENAÇANT

Le « shérif » s'était couché très tard. Il a passé beaucoup de temps à rédiger la déclaration accusant les trois hommes de main de Gregory d'avoir enfreint la loi en procédant à un vol, même si c'était pour saisir quelque chose que Gregory pouvait justifier était le sien et, après avoir infligé à chacun une amende de trente dollars qu'il les obligeant à payer sur place s'ils voulaient être libres, il se retira pour se reposer.

Lorsqu'il se déshabillait, il se souvenait de Saul et se demandait ce qu'il aurait fait en l'absence des péons. Il craignait d'avoir eu recours à la violence, car cela pourrait l'obliger à devoir intervenir contre lui, ce qui le gênait, car il était convaincu que Grégoire était un voyou qui avait organisé la ruse pour voler à l'éleveur du bétail et de l'argent et, s'il c'était donc le cas, il considérait qu'il était juste qu'en utilisant des procédures similaires, ils arrachent son bétail.

Il finit par s'endormir et se leva un peu tard. Alors qu'il s'apprêtait à se laver dans le bassin de son jardin, on frappa à la porte.

En tee-shirt, la serviette sur l'épaule, il alla ouvrir la porte et se trouva nez à nez avec Grégory.

Il suffisait de regarder son visage pour deviner qu'il n'était pas de très bonne humeur. Saúl avait dû faire le travail et maintenant ce dont il avait besoin était de savoir comment il l'avait fait.

Feignant la surprise, il salua, ajoutant :

« Quel « honneur » pour ma modeste personne de recevoir si tôt la visite d'une personne aussi importante que toi ! Qu'est-ce qui vous amène à la maison de la Loi ?

« C'est justement d'invoquer la Loi qui doit me protéger et je vous prie de ne pas me parler avec ironie, car je suis un homme qui manque d'humour quand ils l'ont griffé et lui ont fait piquer la peau.

« Ils ont dû le gratter avec une faucille pour vanner le grain, car je doute qu'avec leurs ongles ils puissent produire une entaille dans la peau. Vous l'avez trop dur.

« La peau et d'autres choses quand il faut le démontrer. Je viens vous dénoncer qu'hier soir ils ont volé un millier de bétail que j'avais dans le corral préparé pour être envoyé à Abilene avec plusieurs autres.

« Tu veux dire ceux que j'ai vus dans le corral quand je cherchais tes hommes la nuit dernière ?

"Le même.

« Hmm ! Apparemment, ce foutu paquet est destiné à être volé toutes les deux heures.

"Qu'est-ce que ça veut dire?

« Que vous et vos hommes aviez déjà volé.

"" Shérif ! « Je ne consens pas à cette insulte. Le bétail était à moi, je les avais achetés avec de l'argent en main comme je peux le justifier et en les refusant, j'ai usé de mon droit de les saisir.

« Il est possible que vous ayez eu le droit de les réclamer en comptant sur ce reçu d'achat que vous avez : ce que vous n'aviez pas le droit, c'était d'attaquer les péons, de les attacher et de prendre le bétail. Je crois que la voie légale si on leur refusait « qu'on ne leur refuse pas, mais qu'on lui demande d'attendre l'arrivée du contremaître » était de venir me demander d'imposer mon autorité afin qu'ils puissent être remis à lui s'il avait ce droit.

"Ce que vous et vos hommes avez fait était un outrage et c'est pourquoi j'ai cherché vos péons et les ai amenés pour recueillir le rapport et leur imposer une amende. Au fait, il y en a un qui doit apparaître et vous aussi. L'amende de votre inducteur est de soixante dollars.

Grégory rugit de fureur.

"J'espère que tu plaisantes.

« Je ne plaisante jamais avec les choses de la Loi. Mon plaisir serait, au lieu d'imposer une si petite amende, de le pendre calmement à un chêne ; mais je n'ai toujours pas trouvé la preuve pour l'obtenir. me contenter de ce que je peux faire « légalement ».

Et si je refuse...

« Je pense que vous savez ce que cela signifie pour un« shérif » de donner à quelqu'un vingt-quatre heures pour quitter une ville. À vingt-quatre minutes, il peut vous abattre sans que personne ne vous tienne pour responsable.

Gregory se mordit la lèvre de colère. Il savait ce que le « shérif » voulait lui faire comprendre et il ne voulait pas lui accorder un minimum de raison.

Il fouilla dans sa poche, en sortit quelques billets et, les posant sur la table, laissa échapper :

«Voici mon amende et celle du pion qui n'est pas venu. Rien d'autre?

« Rien de ma part pour le moment. Voyons maintenant ce qui est de votre côté.

« La chose même que vous venez d'invoquer. Exige qu'il intervienne pour que ce bétail qui est à moi me soit rendu. S'ils ne le font pas, alors ils ne pourront pas me censurer si je suis celui qui les a sauvés de la manière la plus violente.

"Très bien. La raison en est une. Le bétail est à vous en vertu d'un reçu que vous possédez. Bien sûr, je me réserve le droit d'enquêter sur quelque chose de très sérieux concernant cette vente et cet achat, mais tout viendra à son propre rythme.

« L'achat et la vente étaient légaux et j'ai payé de bonnes factures. Personne ne peut m'accuser de quoi que ce soit.

Et ses amis ?

"Je ne sais pas. S'il s'est passé quelque chose après mon départ de "Le Dollar d'Argent", je n'intervenais pas du tout et, au pire, bien que mes amis aient blessé l'éleveur dans le feu de l'action, qui peut les accuser d'avoir été ceux qui ont volé l'argent au rancher ?Il a été aidé par plusieurs des clients et de savoir qui a profité de la situation pour sortir l'argent de sa poche et le garder.

"Oui, bien sûr, la situation est confuse, beaucoup sont intervenus, même s'il est suspect que tout se soit développé, dès que ce malheureux a reçu l'argent, mais il se trouve que, du moins à ma connaissance, c'est la troisième fois il s'est passé quelque chose d'analogue au bétail acheté par vous.Tous les trois, l'argent a disparu sans savoir comment ni de quelle manière.

« Vous oubliez que c'est plein de gens à l'affût de ceux qui peuvent offrir un butin équitable. Vous ne voulez pas vous souvenir des activités de Woodrow ? Vous n'allez pas me dire que vous n'étiez pas soupçonné de vols de cette nature.

« Ah oui, Woodrow ! Pourquoi l'avez-vous tué, Gregory ?

"Parce que sinon, il m'aurait tué. J'ai tiré juste à temps pour l'empêcher de le faire.

« Oui, c'était très bien mesuré. Vous savez mesurer les choses au millimètre près ; mais quelles en étaient les causes ?

«Il m'a traité de tricheur alors qu'il en avait triché neuf de suite.

— Ce que tu lui as laissé faire. Pourquoi?

« N'est-ce pas trop demander ? Je n'en suis pas arrivé là.

« Je sais, mais il y a des choses qui sont liées. Woodrow était passé maître dans l'art de flairer de l'argent de poche bizarre et, si je me souviens bien, on a appris qu'il était tombé sur une affaire de votre part. Ne serait-ce pas la raison ?

« Vous pouvez penser ce que vous voulez parce que je suis déterminé à ne plus en parler. J'ai eu des dizaines de témoins que je t'ai blessé quand tu avais le revolver à la main et tu as dû admettre que c'était un cas de légitime défense. Que compte-t-il alors ?

« Rien vraiment, car ce serait inutile. Je combine des actions pour les garder présents dans leur journée. San Antonio est devenu une pépinière pour les voleurs, avec une demi-douzaine qui se démarquent comme les plus dangereux et vous êtes le numéro un. Je sais que je te félicite en te le disant, mais profite de ces compliments au cas où tu devrais un jour payer cher.

« Je ne suis pas un imbécile, bien que je manque de preuves pour vous accuser, mais j'ai une bonne mémoire et je peux vous rappeler quelques cas dans lesquels les coïncidences étaient très similaires à celle-ci.

« Vous rappelez-vous comment l'argent a été volé à cet éleveur de Corpus Christy, qui vous avait vendu un gibier de bétail et quand il est parti« El Caballo Salvaje », avec l'argent qu'il venait de recevoir, il a été volé presque à la porte du solidaire et dépouillée du produit de la vente ? Ne pensez-vous pas que je soupçonne que tous ceux qui traitent avec vous et vous vendent quelque chose, manquent d'argent sans avoir le temps de le savourer?

Grégoire ; qui était rouge de rage, il se leva en disant :

« Il est confortable de se réfugier dans la star pour calomnier les gens à cause de soupçons ou de coïncidences, rien de plus. Si vous avez un motif solide, qu'est-ce qui me pousse à m'arrêter et à m'enfermer ? Et si vous ne pouvez pas m'accuser avec des preuves, pourquoi ne vous mordez-vous pas la langue ? J'en ai marre de l'entendre dire la même chose et ma patience s'épuise. Ne m'oblige pas à te poursuivre pour diffamation. Un bon avocat vous donnerait une aversion.

"Aussi un bon " Colt " te le donnerait, Gregory et moi n'avons peur de personne. Réfléchis bien à ça au cas où tu pars en assurance avec moi.

« La même chose je te dis, mais tu te sépares trop de ce qui compte. Je suis venu dénoncer la disparition de ce bétail qui est "légalement à moi" tant que vous ne prouvez pas le contraire et j'exige que vous cherchiez le troupeau et arrêtiez les voleurs.

« Est-ce que cela signifie que vous n'avez pas été en mesure de les localiser pour procéder par vous-même et c'est pourquoi vous comptez sur moi ?

« Je n'ai pas essayé, mais si tu ne veux pas, je m'en occupe. Alors ne venez pas m'accuser d'avoir procédé dans votre dos.

"C'est bon. C'est mon obligation et je vais essayer de savoir ce qui s'est passé et où se trouve le bétail, mais cela ne veut pas dire que je dois arrêter de faire d'autres enquêtes. Par exemple, où sont vos amis, ceux qui "sont entrés en une bagarre" la nuit dernière quand l'éleveur a été blessé ?

"Je ne sais pas. J'ai eu beaucoup de choses à faire et je n'en ai vu aucune. Je suppose qu'elles sont quelque part.

« Moi aussi, mais la question est de savoir où est cette partie.

« Laissez vos commissaires le découvrir. Pour ma part je peux vous assurer que puisque je ne suis pas intervenu sur le plateau, même si vous croyez le contraire, je ne me suis pas inquiété pour eux. Recherchez-les et arrêtez-les si vous ne pouvez pas lever le petit doigt en faveur de l'un d'eux. Cela vous montrera que je suis libre de toute ingérence dans cette affaire. Je ne m'intéresse qu'à mon bétail parce qu'il me coûte dix mille dollars et si je le perds, je perds cet argent.

Grégory avait terminé sa visite. Cela n'avait pas été très agréable pour lui, mais il devait se battre avec elle s'il voulait sauver le bétail et boucler l'affaire.

Lorsque Gregory a quitté les bureaux, le "shérif" a souri de manière expressive. La plainte de l'indésirable a confirmé que Saúl avait frappé et qu'il avait repris le bétail, mais la question était de savoir ce qu'il avait pu faire avec le bétail, puisque, s'il les avait près, peu importe à quel point c'était , son devoir était d'intervenir. le paquet, au moins jusqu'à ce que tout se soit clarifié.

Les doutes du « shérif » n'ont pas tardé à se dissiper car une heure plus tard, c'est Saúl qui a fait une apparition dans les bureaux.

Le "shérif" comprit au visage de satisfaction que montra le contremaître, que son plan avait été pleinement élaboré et, après l'avoir salué, il dit :

« Je suis content que tu viennes parce que sinon, j'aurais dû te chercher.

« Vous parce que ?

« Parce que j'ai une plainte contre vous pour avoir cambriolé le corral de Gregory et volé son paquet. Il me l'a présenté il y a une heure.

« Êtes-vous sûr que la plainte me concerne ? Ce vautour m'a-t-il pointé du doigt avec la preuve que c'est lui qui a pris les cornes ?

« Eh bien, vous ne m'avez pas spécifiquement donné votre nom, mais vous accusez logiquement le vol des pions de M. McClellan.

« Ce sera son soupçon, comme mon soupçon est que c'est lui qui a organisé le stratagème pour dépouiller mon patron de son bétail.

« Oui, vous avez raison, mais... l'affaire est trop compliquée, car je suis obligé de faire des démarches pour découvrir le paquet et, si je le découvre, au moins je devrai intervenir.

« Personne ne l'arrête. Pour ma part, je n'entraverai pas votre mission.

« Est-ce que cela signifie que le bétail est dans un endroit sûr ?

« Cela signifie qu'ils sont très loin d'ici. Puisque l'argent de mon employeur a été volé, ce n'est pas moi qui accepte qu'on lui vole son bétail et ils finissent par le plonger dans la ruine. Il n'est pas décent d'aider un honnête homme aux prises avec l'adversité à être mis à mort par des voyous et misérablement pillé.

"Eh bien, que s'est-il passé ? Je suppose qu'il ne s'est pas passé quelque chose de grave qui...

"Ne vous inquiétez pas. Il n'y a pas eu de mauvais coup de poing, pas même de menaces. Ils m'ont facilité la tâche au moment où je m'y attendais le moins.

« Tu veux me dire comment c'était ?

Saul lui fit un récit détaillé de son odyssée la veille et le « shérif » éclata de rire.

« Vous êtes un homme ingénieux et chanceux. C'est Grégory qui renifle de rage. À présent, ses hommes de main doivent ramasser l'herbe avec leur museau pour découvrir où se trouve le paquet.

« Eh bien, ils vont s'user le nez en le faisant, car ils devront ramasser plus d'herbe qu'ils ne le peuvent.

« Eh bien, je ne vous demande pas où vous les avez, car je serais obligé d'aller les chercher.

« Je ne lui dirais même pas. S'ils ne m'accusent pas avec des preuves et qu'ils n'en ont pas, vous ne pouvez rien contre moi, comme vous ne pouvez rien contre Gregory même si vous soupçonnez beaucoup de choses à son sujet. Ce dont vous et moi parlons ici est confidentiel, d'homme à homme.

« D'accord, mais attention. Gregory est un mauvais ennemi, comme il le découvre, il ne tournera pas autour du pot, même s'il joue beaucoup de choses.

« Je suis prêt et je ne serai pas surpris. Quelles nouvelles avez-vous en échange de moi ?

"Aucun. Mes commissaires ont l'ordre de localiser ceux qui ont causé la bagarre, mais je crains qu'ils ne soient bien cachés, instruit par Grégory. Ils sont intéressés à laisser le temps passer et les esprits se calmer.

« Eh bien, ils ont tort s'ils pensent que je suis un homme qui me laisse décourager ou prend des coups comme ça. La vie de mon patron a été en danger et c'est peut-être le cas et quelqu'un doit payer pour cela.

"Pendant que mon employeur est à l'hôpital, je ne quitterai pas San Antonio et pendant ce temps, beaucoup de choses peuvent arriver.

"Assurez-vous que ce n'est pas désagréable pour vous. Gregory ne peut pas agiter la main contre lui parce qu'il craint que le verre de ma patience ne déborde, mais il a des gens incontrôlés capables de le retourner et de l'envoyer en enfer.

«Je me rends compte de tout et je vais essayer d'être prudent. Maintenant, je vais aller à l'hôpital pour voir mon employeur. Je suppose qu'ils me permettront de le voir.

« Pour l'instant oui, mais attention à ne pas avoir des gens stationnés dans les parages, s'ils ont pensé que vous pouviez aller leur laisser la place de vous traquer. Le travail que vous avez fait à ce vautour n'est pas étonnant. Si en ce moment vous êtes très intéressé par la recherche de la piste du bétail, vous n'avez peut-être pas encore pensé à l'attacher, d'autant plus si vous pensez vous cacher avec la meute. Profitez-en maintenant que vous avez de meilleures chances de ne pas être harcelé.

« Eh bien maintenant, je vais à l'hôpital.

« Quand le verrai-je ?

« Je ne sais pas, et comme je n'ai toujours pas cherché d'auberge, je ne peux pas te dire où je logerai. Lorsque vous aurez résolu ce problème, je vous donnerai l'adresse au cas où vous auriez besoin de moi.

Ils se sont serré la main et ont dit au revoir. Saúl s'est rendu directement à l'hôpital dont il avait demandé l'adresse au « shérif » auparavant et ce dernier, pour justifier son action au cas où Grégory se promenait aux abords de la ville, monta à cheval et suivait le cours de la rivière.

Lorsque Saúl est arrivé à l'hôpital et a demandé à voir son employeur, une infirmière qui est venue le soigner a déclaré :

« Il a commencé à reprendre conscience depuis une heure, mais je ne sais pas s'il pourra parler.

« Je vais tenter ma fortune. Je suis le chef d'équipe de son équipe et s'il se voit seul, sans nouvelles de personne, peut-être que cela produira une crise qui aggravera son état.

« Eh bien, venez avec moi.

Il l'a conduit à la salle où McClellan avait été hospitalisé. Il y avait six lits, mais un seul de plus était occupé par un cavalier qui était tombé de son cheval, subissant un coup terrible à la tête.

L'éleveur, la tête complètement bandée, était pâle et contracté. L'endroit où il a été touché était très douloureux et ses yeux étaient brillants et fiévreux.

Saúl, nerveux, s'approcha de lui et dit :

« Comment ça va, patron ?

McClellan fit un effort pour parler et fixa son contremaître jusqu'à ce qu'il le reconnaisse enfin.

« Oh, Saül ! ... Vous ici?

Où d'autre vais-je être ? Je n'ai pas pu venir hier soir et j'ai dû attendre ce matin. Comment ca va?

Comme un poisson dans une marmite bouillante. J'ai horriblement mal à la tête et j'ai des vertiges...

« Alors ne parle pas. Tu ferais mieux de te reposer et plus tard...

"Non. Je dois savoir. Je ne me souviens de rien. Je me souviens seulement que j'ai reçu un coup à la tête en quittant "Le Dollar d'Argent" et je n'en sais pas plus. On m'a dit que quelqu'un avait commencé une bagarre et j'ai été blessé à tort.

Saul, qui comprit qu'il ne devait pas exciter le blessé, répondit :

"Ça s'est passé comme ça. C'était un accident, mais heureusement la plaie va bientôt cicatriser. Dans deux ou trois jours les effets du choc se seront dissipés et il se sentira beaucoup mieux...

« C'était dommage que tu... sois resté là-bas et... Saúl, qu'est-il arrivé à l'argent ?

"Ne t'inquiète pas pour lui. Le "shérif" l'a ramassé et rien ne s'est passé.

« Mon Dieu. J'avais peur qu'il ait disparu.

« Eh bien, calmez-vous si c'était votre préoccupation.

« Et le bétail ? Tu es allé le chercher ?

"Oui. Tout était réglé, patron.

« Alors où sont les pions ?

"Tiens. Je ne voulais rien arranger sans savoir d'abord comment tu allais.

« Vous devez les envoyer au ranch, car ils n'ont plus rien à faire ici. Là, ils sont nécessaires et ici ils ne font que dépenser.

« Mais si je les envoie seuls, que vont-ils dire à votre fille ? Vous serez alarmé si vous ne nous voyez pas venir à nous...

« Oh bien sûr, tu as raison ! Si Barbara savait ce qui m'est arrivé...

« C'est pourquoi je pense que, même s'ils sont là pour quelques jours ou trois, les dépenses ne seront pas importantes. Plus tard, si vous vous rétablissez bientôt, nous pourrons les envoyer à l'avance pour dire qu'une entreprise nous a divertis ici et que nous arriverons également bientôt.

« Tout ce que vous pensez devrait être fait, Saul. J'ai toute confiance en vous, mais j'ai hâte d'y arriver. Il y a des dettes urgentes à payer et... je suppose que vous garderez bien votre argent.

"Je l'ai laissé entre les mains du "shérif" pour plus de sécurité. Quand nous en aurons besoin, il nous le rendra.

« Vous avez bien fait, car il y a beaucoup de coquins ici. Comme je suis désolé pour cet incident stupide !

« Il faut déjà l'oublier et ne penser qu'à récupérer. Calme tes nerfs, parle peu, dors comme tu peux et dans quelques jours tu pourras sortir d'ici, même si ta blessure n'est pas complètement cicatrisée. L'essentiel est que vous partiez fort et sans vertige, pour endurer le jour du retour.

« Oui, bien sûr, vous avez raison et je vais essayer de suivre les conseils.

« Dans ce cas, je vais le quitter. Demain je vous reverrai et j'espère que vous ferez de votre mieux pour ne pas retarder votre départ. Que tu vas mieux.

Merci, Saul. Jusqu'à demain.

Le contremaître a quitté l'hôpital. Personne ne l'a traqué et après une méditation sérieuse, un plan de conduite a été élaboré.

Il a rendu visite au « shérif » pour lui annoncer qu'il allait s'absenter quelques jours. Là, il ne faisait rien pour le moment et il valait mieux tromper ses ennemis que d'être dans la gueule du loup.

Son employeur, bien qu'il ait repris connaissance, ne pouvait pas quitter l'hôpital dès qu'il le souhaitait et il valait mieux ne pas s'exposer inutilement.

Le "shérif" a approuvé l'idée, bien qu'il n'ait pas demandé où il comptait aller.

Et avec la promesse d'être de retour deux jours plus tard, il monta à cheval et quitta le village.

Il a pris soin de le faire dans des endroits exotiques afin de ne pas se heurter aux hommes de main de Gregory qui parcourraient la prairie pour la piste du bétail, et ce n'est qu'à quelques kilomètres du village qu'il est entré dans la piste.

Son idée était de rencontrer ses pions et son bétail et d'être un de plus pour le défendre si par hasard ils parvenaient à découvrir la cachette.

Les pions pourraient se sentir mal à l'aise s'il mettait trop de temps à revenir et ne voulait pas qu'ils soient imprudents.

Heureusement, le calme le plus absolu régnait à l'endroit où ils avaient rassemblé le fagot et lorsqu'il rencontra la petite équipe, il rendit compte de ses efforts dans la ville et de la campagne commencée par Grégoire pour localiser le bétail.

CHAPITRE VIII

UNE AIDE PROVIDENTIELLE

Pendant deux jours entiers, Saul resta à l'abri du ballot sans que rien ne trouble la tranquillité qui y régnait.

Ils avaient tous monté la garde, scrutant la prairie, mais ne découvrant rien de suspect. Ils virent au loin passer des troupeaux du sud et le premier jour ils découvrirent un couple de cavaliers qui semblaient chercher quelque chose sur ce terrain ; mais si c'étaient les voyous de Grégoire, aucun d'eux ne s'approcha des rives.

Le troisième jour du matin, Saúl décida de retourner à San Antonio. Son employeur serait nerveux à propos de son absence et devrait lui rendre visite.

L'éleveur s'était remis de son état de choc, mais la blessure, qui était étendue, demandait plus de soins et un repos complet, et il ne devait pas compter sortir de là dès qu'il le désirerait.

Saul a pris soin de ne pas informer l'éleveur de la vérité. Si ne rien lui dire allait résoudre quoi que ce soit, il ne devrait pas être préoccupé par des problèmes qu'il ne pourrait pas résoudre.

Après la visite et, toujours avec tous ses sens en éveil, il rendit visite au « shérif ». Il l'a fait lorsqu'il a constaté qu'il n'y avait personne autour du bureau.

Le « shérif » l'interrogea ;

« Où étais-tu depuis notre dernière rencontre ?

« Il a fait pénitence sur la montagne. Les prières demandent isolement et sérénité.

« Cela ne me sauverait pas si je faisais confiance à vos prières. Vous n'avez pas croisé Grégory et ses petits anges ?

« Je suis arrivé il y a seulement une heure et si tôt que je ne pense pas qu'ils soient dans la rue. Que sais-tu à propos d'eux?

"Certaines choses. Les gars qui ont commencé le combat ont disparu comme un charme. Gregory ne veut pas risquer que quelqu'un chante plus fort qu'il ne le devrait. D'un autre côté, tous ses amis se sont consacrés à la tâche de chercher la piste de le paquet sans le découvrir, vous êtes très doué en la matière.

« N'y croyez pas. Il me suffisait de la jeter par le même chemin que ceux qui viennent et... comment allaient-ils discerner quelles étaient les empreintes des miennes et celles des autres ?

«C'était imprudent, car il aurait pu attaquer un autre troupeau qui viendrait ici et cela aurait été mauvais.

« Au milieu de la nuit, ce n'était pas facile. Personne ne conduit des centaines de klaxons et moins à la lumière de la lune.

"C'est vrai. Le truc, c'est qu'ils n'ont pas trouvé la piste et Grégory est furieux. Il m'a rendu visite deux fois pour voir ce que j'avais découvert et il mord parce que le bétail s'est évaporé. Je soupçonne qu'il s'est convaincu qu'il n'a rien à faire à cet égard et aura abandonné la recherche.

« Mieux pour tout le monde.

Que ferez-vous maintenant?

« Attendez que mon employeur quitte l'hôpital. Je viens de le voir, il s'est amélioré, mais il ne pourra pas sortir aussi vite que lui et moi le souhaiterions.

« Et tu vas rester ici jusque-là ?

"Non. J'irai faire mes prières à la montagne et je viendrai de temps en temps. Quand mon employeur sera guéri et connaîtra la vérité, alors ce sera autre chose. S'il m'autorise, je resterai ici, mais libres de mains, et puis nous verrons ce qui se passe.Je vous rendrai visite quand vous viendrez pour savoir quelque chose que vous pouvez me dire.

Il a dit au revoir au "shérif". En fait, il ne savait pas s'il devait retourner au paquet ou rester à San Antonio au moins ce jour-là.

Une rencontre fortuite et inattendue a été ce qui a décidé de sa ligne de conduite immédiate.

Il descendait la rue principale lorsque, en sens inverse, un groupe de cinq hommes s'avança. Ils semblaient joyeux et désireux de plaisanter, parce qu'ils riaient aux éclats.

Il était sur le point de se séparer du faux trottoir pour leur céder le passage quand, les regardant de nouveau, il se raidit. Celui qui était à la tête du groupe était quelqu'un qu'il avait rencontré dans des situations assez dangereuses et un sourire de joie illumina son visage lorsqu'il le reconnut. S'avançant avec impétuosité, il s'écria :

« Robert !... Fils du Diable ! Que fais-tu à San Antonio ?

Celui-ci, un jeune homme d'une trentaine d'années, grand, fort, brun, au visage énergique, le regarda et, ouvrant grand la bouche, s'avança vers lui en ouvrant les bras.

« Saul !... Crapaud venimeux !... Viens, laisse-moi te serrer les côtes jusqu'à ce que je sois convaincu qu'elles ne sont pas en acier !

Les deux se sont embrassés alors que le reste du groupe avait cessé de sourire à la scène.

Après avoir rompu l'étreinte, Robert proposa :

« Et si on célébrait la rencontre en buvant un « whisky » ?

« Pour ma part, il n'y a pas de problème si je paie.

"Non. La dernière fois que j'ai bu à ta santé le jour de notre sortie, tu ne te souviens pas ? C'est mon tour maintenant.

« Eh bien, ne discutez plus ou nous finirons par tirer.

« Comme pendant la campagne. Ceux que nous avons abattus !

« Et ceux qui nous ont tiré dessus !

« Mais ce n'était pas facile pour les démons d'avoir du plomb dans leur corps. Nous l'avions blindé.

« Ce sera le vôtre, car le mien a été foré une fois.

« Ils t'ont pris ivre et c'est pourquoi ils ont pu te tirer dessus.

Ils sont entrés dans une taverne et, à la demande mutuelle, ils se sont informés de sa vie depuis la fin de la guerre.

Robert avait été caporal dans le même régiment que Saul et ensemble ils avaient participé à de nombreuses actions.

Cowboy comme Saúl, s'est mobilisé et, à la fin de la campagne, chacun s'est mis en route vers ses ranchs respectifs.

Mais le schéma de Robert avait disparu. L'avalanche envahissante a dévasté son ranch et il n'a trouvé que des cendres.

Cela l'obligea à traverser de nombreuses épreuves jusqu'à ce qu'il trouve du travail dans une ferme, mais en eut marre et, en apprenant que la route d'Abilene avait été ouverte, il s'était rendu à San Antonio accompagné de quatre autres péons amicaux, cherchant un logement dans une équipe de ceux qui sont partis pour le Nord.

Et ils avaient eu de la chance. Un éleveur arrivé ce matin-là, ayant besoin d'ouvriers, les avait embauchés tous les cinq. Cependant, ils seraient encore à San Antonio pendant trois jours, alors que l'éleveur attendait qu'un autre compagnon le rejoigne, qui suivrait avec un paquet similaire au sien. Ils s'étaient mis d'accord pour unir tout le bétail et les ouvriers, afin de former une équipe plus forte qui garantirait mieux l'arrivée du bétail.

Et comme on leur avait donné trois jours de congé et une avance de vingt dollars, ils étaient déterminés à avoir le meilleur temps possible jusqu'à ce qu'ils partent.

Saúl, pour sa part, a raconté toute son odyssée sans omettre aucun détail.

Robert, après l'avoir écouté, s'écria :

— Et tu n'as pas mis cinq onces de plomb dans le corps de ce vautour ? J'aurais.

«Ce n'est pas facile, car il s'entoure de gens qui veillent sur lui et pendant que mon employeur est à l'hôpital, je n'ai pas de liberté de mouvement. Quelque chose pourrait m'arriver, et qu'arriverait-il au bundle ?

« Tu as raison, mais c'est dommage. Cependant, vous savez déjà que les amis sont pour les occasions et si vous avez besoin d'aide, comptez sur les miens et les leurs. Nous sommes tous pour un et un pour tous.

Saúl resta pensif un instant. Il connaissait bien Robert, connaissait son courage et sa loyauté, et était sûr qu'en faisant l'offre il le faisait avec le cœur.

Et une idée diabolique lui traversa l'esprit. Avec l'aide de ces cinq démons, il croyait que c'était réalisable.

« Vous dites que vous avez trois jours ?

« Complètement à nous.

« Eh bien... quelque chose m'est venu à l'esprit d'éclater de rire si ça se passait bien, mais je ne peux pas le faire parce que ce coquin me connaît moi et mes pions aussi. Mais vous et vos coéquipiers pourriez le faire. Il est exposé à la fin, mais... s'il caille comme je pense qu'il peut, ce serait autant que forcer ce crapaud à payer dix mille dollars en compensation du travail qu'il nous a fait. Dix mille dollars qui seraient distribués, moitié pour vous et l'autre moitié pour mon employeur.

"Hell's Bells ! Pour moins que ça, j'ai attrapé Pedro Botero par les cornes et je les ai arrachés. De quoi s'agit-il ?

«Je vais vous l'expliquer, nous allons esquisser le plan et si vous l'aimez, nous le mettrons en pratique. Il n'y a pas d'engagement et si vous le voyez difficile ou très engagé, comme si on ne s'était pas parlé du tout.

« Le difficile, c'est ce que nous aimons. Parle.

Saúl a passé près d'une demi-heure à expliquer le projet et à souligner les avantages et les inconvénients. Ils l'écoutèrent tous avec une grande attention et, quand il eut fini de parler, une lumière diabolique de joie brillait dans les yeux des cinq.

" Génial, Saul ! " s'exclama Robert. " Et si ça se passe bien, ce que je pense, on va bien rigoler jusqu'à Abilene. Quand tu veux nous sommes à ta disposition.

— Eh bien, il est tard, Robert.

Ils partirent tous à la recherche de leurs chevaux et, peu de temps après, ils quittèrent San Antonio, se perdant dans la prairie.

* * *

Ce soir-là, un troupeau de mille têtes de bétail commandé par Robert Yhon galopait vers les bords de la rivière, cherchant un espace libre pour s'arrêter à quelque distance du village.

Le bétail était le même que Saúl avait caché pendant trois jours à vingt milles de là, mais ni ceux qui étaient devant eux ni les péons qui les gardaient n'étaient les mêmes.

Le plan de Saul était audacieux et exposé, mais il voulait essayer un test. Si le plan se passait bien et que ce qui s'était passé avec son employeur se répétait plus ou moins, peut-être que Grégory trébucherait pour la première fois de sa vie sur une pierre si dure qu'il se ferait beaucoup de dégâts du coup.

Saul voulait forcer les événements. Puisqu'apparemment cette manœuvre de pillage des petits éleveurs qui venaient avec le seul désir de vendre leur bétail, il y avait un tour bien rodé, dans lequel un à un ils se mirent à mordre, si cette fois les événements se déroulaient de la même manière, Gregory il tomberait dans son propre piège et il devrait le regretter.

Car l'idée de Saúl, approuvée par ses pairs, était de rendre le tour à Grégoire et de le lui faire payer cher.

Si à nouveau quelqu'un sortait du peloton et proposait d'être un intermédiaire pour la vente, alors tout était prêt pour produire la grande surprise. Robert apparaîtrait comme le fils d'un ranch de l'intérieur, envoyé par son père pour vendre ce bétail.

Ses quatre compagnons seraient des ouvriers agricoles, et comme ils étaient tous des étrangers là-bas, personne ne pouvait soupçonner que le bétail était le même que celui que Saúl avait pris dans le corral de Grégoire. Pour lui et ses hommes de main, le bétail devait être à plusieurs kilomètres maintenant.

Saul avait envoyé ses pions en avant avec l'ordre de se placer dans un endroit désigné à une courte distance du village. Si les choses se passaient comme prévu, peut-être que ce soir ils devraient reprendre le troupeau, mais cette fois pour galoper avec lui jusqu'au ranch.

Saúl avait rejoint la meute comme un pion, mais finalement et essayant de se garder incognito pour ne pas être reconnu. Pour éviter cela, il avait assombri son visage avec de la boue et portait une chemise différente de celle qu'il portait ces derniers jours. Le chapeau était aussi différent, puisqu'il l'avait échangé avec celui d'un des péons.

Exprofeso a fait le tour à plusieurs reprises à la recherche d'un endroit approprié pour arrêter les cors, mais Saul a pris soin qu'ils ne choisissent pas le même que celui qu'il avait utilisé plus tard dans l'après-midi.

Enfin, ils trouvèrent une clairière où s'arrêter et Robert manœuvra, donnant des ordres à ses hommes pour le meilleur positionnement et la meilleure surveillance du bétail.

Au cours de cette manœuvre étudiée, il découvre un sujet de type cow-boy qui semble très intéressé par ce que fait Robert. Enfin, quand il sembla que tout était en ordre, Robert appela l'un des péons et dit :

« Je vais m'approcher de la ville. Je dois trouver ce gars à qui mon père m'a dit de parler et entrer en contact avec le gars qui lui a acheté l'autre lot de bétail. Il m'a dit qu'il s'appelait Barry et qu'il le rencontrerait à "The Golden Apple".

"Prenez soin du bétail et avec ce que j'obtiens, je serai bientôt de retour."

Alors qu'il s'apprêtait à quitter le groupe, le gars qui marchait à proximité l'a rencontré, en disant:

« Excusez-moi, mon ami, êtes-vous le propriétaire de ce bétail ?

« Non, mais d'ailleurs comme si c'était le cas. Ils sont de mon père, M. Wilson de Victoria et je viens les vendre en son nom.

« Je vous avais entendu dire quelque chose à ce sujet et j'ai pensé que vous seriez intéressé que je vous dise que Barry, le courtier en bétail que vous recherchez, n'est pas à San Antonio.

« Bon sang, c'est bon !... Où diable est-ce donc ?

« Lui seul peut le savoir. Apparemment, il a trompé un montant d'un acheteur de bétail et a disparu d'ici. Cela fait plus de quinze jours qu'on n'a plus eu de ses nouvelles.

« Et que dois-je faire maintenant ? Mon père était persuadé que je le retrouverais et maintenant je ne connais pas le nom du marchand qui lui a acheté le bétail précédent.

« Ce n'est pas un obstacle si vous êtes déterminé à les vendre.

"Pourquoi est-ce que je les apporte sinon ? Pensez-vous que j'allais prendre la route avec ce tas de cornes ? Je dois les vendre ou les rapporter à Victoria et ce n'est pas un plan. Après tout, si la question est de vends le bétail, il fera autant pour les vendre à l'un qu'à l'autre, je chercherai un acheteur.

« Si c'est pourquoi, ne vous précipitez pas, car je peux vous indiquer une personne décente qui se consacre à l'acquisition de petits troupeaux. C'est un homme sérieux et paie sur place ce qu'il accepte.

« J'aime ça, mon ami. Pouvez-vous me dire qui vous êtes et où puis-je vous trouver ?

« Je peux vous le présenter, car il m'est connu. Vous serez sûrement déjà à "El Caballo Salvaje", où vous vous arrêtez généralement après la tombée de la nuit.

« Vous ne savez pas ce que j'apprécie. Ne pas trouver Barry allait me causer un grand bouleversement. Allons-y?

Ils commencèrent tous les deux à marcher vers le village, dont les lumières commençaient déjà à clignoter, et lorsqu'ils se furent suffisamment éloignés, Saúl, qui avait suivi de près le dialogue, quitta le groupe et suivit le couple.

Cette fois, ce n'était pas le soi-disant Roger qui était venu à la rencontre du bétail. Grégory l'avait sans doute retiré de la circulation de peur que le "shérif" ne l'attrape et ne l'oblige à chanter.

A distance, il suivit le couple et ils entrèrent ainsi à San Antonio, où il était plus facile pour Saúl de raccourcir la distance pour ne pas perdre de vue son partenaire.

Et donc il les vit entrer dans "Le Cheval Sauvage" où ils prirent tous les deux leurs sièges.

Il faisait chaud et la porte du bar était ouverte, ce qui a permis à Saúl de tendre une embuscade dans une zone frontalière, dans une zone ombragée, et de là de surveiller l'intérieur du bar.

Il vit ainsi Robert s'asseoir à une table et un garçon lui servir à boire, tandis que le péon obséquieux, après avoir échangé quelques mots avec lui, le laissait assis et s'empressait de sortir.

Saül le suivit. Il était sûr qu'il cherchait Grégory pour lui rendre compte de la nouvelle affaire.

Et il ne s'est pas trompé, car il est entré dans "Le Dollar d'Argent" où il savait sûrement qu'il pouvait trouver l'indésirable.

Dix minutes plus tard, Grégoire, celui qui était venu le chercher, et trois autres hommes, qui les suivaient à une certaine distance, sortirent du tripot.

Lorsqu'ils atteignirent à nouveau "The Wild Horse", Gregory et son chien entrèrent dans le bar, tandis que les trois qui le suivaient restaient dans la rue, mais prenant position autour de la porte et essayant de rester inaperçus dans l'ombre.

Saul pensait qu'il devinait ce qui pouvait arriver. Cette fois, il n'y aurait pas de combat simulé pour traquer Robert, car il serait dangereux de répéter l'astuce lorsque le "shérif" aurait une trace de ce qui est arrivé à McClellan, mais le système vulgaire serait utilisé pour le laisser sortir du joint. avec l'argent et le suivre pour le voler au moment le plus propice.

Et comme les braquages y étaient à l'ordre du jour, surtout la nuit, Grégoire pouvait être suspecté ainsi que les nombreux autres voyous qui pullulaient à San Antonio.

Saul était tendu, ne sachant pas quelle décision prendre. L'arrivée des voyous et les endroits qu'ils avaient choisis pour tendre une embuscade ne lui permettaient pas de se tenir à nouveau devant la porte pour observer la manœuvre de Grégory de là.

Mais craignant pour la vie de son ami, puisqu'il était préparé à ce qui pourrait arriver à l'intérieur des locaux, mais pas à l'extérieur, il a pris une résolution drastique. Il devait avertir le "shérif", rendre compte de ce qui se passait et demander son aide pour éviter que Robert ne soit attaqué au moment où il s'y attendait le moins.

Comme les bureaux n'étaient pas loin, il a couru vers eux et a fait irruption dans le bureau du shérif.

Il était à ce moment dans l'union d'un de ses commissaires et lorsqu'il vit Saul s'introduire comme ça, il devina qu'il se passait quelque chose de grave et se leva.

« Que lui arrive-t-il ? Avez-vous été attaqué ?

« Non, mais si nous ne nous dépêchons pas d'intervenir, la vie d'un de mes amis est en grave danger.

Qui vous menace ?

"Gregory. Ou plutôt, trois de ses vautours, qui attendent actuellement en embuscade devant "El Caballo Salvaje" que mon ami sorte pour le suivre et le voler.

« Pourquoi peux-tu l'assurer comme ça ?

« Parce que mon ami l'a légué avec un petit bouquet de cornes et, comme moi, un gars qui cette fois n'était pas Roger, mais un autre, est tombé sur lui, lui proposant de le mettre en relation avec un repreneur. Il l'a emmené à "The Wild Horse" pour le présenter à l'acheteur puis il est allé à "The Silver Dollar" à la recherche de Gregory.

"Celui-ci est maintenant avec mon ami qui essaie de vendre le bétail, mais à l'extérieur, il y a des gars qui sont en embuscade et qui attendent un ordre ou un signal qui leur dit qu'ils peuvent échanger pour récupérer l'argent.

Le "shérif" regarda Saul et demanda :

Comment savez-vous tant de détails à ce sujet?

"Ne t'ai-je pas dit que c'est un de mes amis qui...?

« Écoutez un instant. Vous savez que je ne suis pas un imbécile et que si jamais j'en ai l'air, c'est parce que les impondérables sont plus forts que moi.

«Je suis impatient de traquer Gregory et pour cela, je n'ai aucun problème à fermer les yeux sur certains événements que je n'aurais pas tolérés dans des circonstances normales. Cependant, je n'admets pas qu'il soit destiné à me tromper pour continuer à compter sur moi dans cette affaire. Par conséquent, soit tu me dis la vérité pour que je sache si je dois agir et comment, soit je ne bougerai pas d'ici jusqu'à ce qu'ils m'appellent pour soulever le corps de ton ami.

« Bien sûr, si vous me dépêchez un peu, je peux vous dire à l'avance ce que vous n'avez pas voulu me dire jusqu'à présent. Par exemple, que ce paquet que votre ami a l'intention de vendre à Grégory est le même que celui que vous avez pris dans son corral et que ce que vous essayez maintenant est de le piéger et de le prendre en flagrant délit.

Saúl sourit avec amusement et répondit :

« Vous êtes intelligent, shérif. La vérité est que. Je suis tombé sur cet ami qui était caporal dans mon régiment. Il est ici avec quatre autres camarades engagés pour partir pour Abilene dans trois jours et nous nous sommes raconté notre vie depuis nous avons reçu la licence. » Quand je l'ai informé de mon séjour ici et de tout ce qui s'était passé, il m'a demandé pourquoi je n'avais pas donné une bonne leçon au coquin Gregory.

«Je lui ai dit que je n'avais pas encore pu l'essayer pour de nombreuses raisons, mais que j'attendais ma chance après que mon employeur ait quitté l'hôpital. Alors tous les cinq m'ont proposé de m'aider à faire avancer l'événement, et nous avons imaginé l'astuce pour le faire passer pour le fils du propriétaire de notre ballot. Comme ses amis n'étaient pas connus, ils passeraient pour des pions de l'équipe et Robert proposa de tenter sa chance pour voir s'ils renouvelleraient la tentative avec lui, comme ils l'avaient fait avec mon employeur.

"Et c'est comme ça, seulement cette fois Roger n'est pas intervenu et, d'après ce que je soupçonne, il n'y aura pas de bagarre dans le bar, mais au bon moment mon ami sera volé dans un endroit approprié pour voler son argent.

« C'est possible, mais selon votre plan, que proposez-vous ? Forcer Gregory à acheter à nouveau le même pack ?

« Pourquoi pas, si vous ne l'aviez pas acheté avant parce que vous gardiez l'argent ?

« Eh bien, vous voilà avec ce jeu. Ma mission dans ce cas est de protéger la vie de votre ami et de ne pas être agressé et sérieusement bouleversé.

«Et puisque je suppose que son intérêt est que Grègory achète le bœuf et le paie, nous devrons attendre la conclusion de l'accord. Dans tous les cas, nous allons prendre nos précautions de peur que les événements n'avancent. "

S'adressant au commissaire, il ordonna :

« Trouvez rapidement votre partenaire et allez avec lui à la taverne de Carl, où ils m'attendront. Comme il est proche de « El Caballo Salvaje », vous pourrez me rencontrer tout de suite et si par hasard vous entendez un coup de feu, n'attendez pas que je vous cherche. Courez immédiatement vers le joint.

Le commissaire a quitté le bureau et le « shérif » a déclaré :

"Allons-y. Tu me diras où sont ces vautours.

Ils se dirigèrent vers "Le Cheval Sauvage", mais bien avant de l'atteindre, Saúl indiqua :

« Si nous allons plus loin, ils vous découvriront. Les trois sont situés, deux sur les côtés de la porte, bien qu'un peu éloignés, et un autre en face.

Ils s'étaient arrêtés au coin d'une rue et le "shérif", tendu, regardait vers le joint.

A travers le large carré de la porte la lumière intérieure du local était projetée vers la poussière de la route, qui était intense. Parfois, lorsqu'un client s'approchait de la porte, la lumière mettait en valeur en noir sa silhouette allongée vers la rue.

À ce moment-là, deux silhouettes ont été projetées dans l'espace. A la lueur des lampes, Saul reconnut son compagnon.

« C'est mon ami Robert. Il sort accompagné.

"Mais pas pour Gregory" dit le "shérif" "Ce qui l'accompagne est son homme le plus digne de confiance; Briand "El Pecas".

Il a sorti son revolver et Saul a emboîté le pas.

« Tu penses qu'ils vont t'attaquer ici ?

"Je soupçonne que non. C'est un mauvais endroit pour le faire. Ils attendront qu'il se sépare de Briand et...

Personne ne s'était déplacé avec l'intention de suivre le couple et le couple, très uni, a remonté la rue le long de la frontière jusqu'au coin où le « shérif » et Saúl avaient tendu une embuscade.

Il devina où ils allaient.

« Je soupçonne qu'ils vont voir le bétail. L'adresse c'est ça.

"C'est possible. Grégory n'aura pas voulu cette fois être vu de manière aussi flagrante et a délégué son second.

En effet, tous deux ont continué le long de la rue à la recherche de la sortie de la ville.

Le "shérif" grommela :

« Il me semble que la situation est claire. "El Pecas" verra le bétail, dira à Gregory qu'ils sont en bon état et là, l'accord sera signé et l'argent sera livré. Ensuite, laissez vos vautours s'entendre avec votre ami.

« Il me semble que vous avez vu clair. Qu'est ce que tu vas faire?

« Gâcher le plan de notre ami quand il s'y attend le moins. Dès leur retour, avec l'aide de mes commissaires, je surprendrai ces trois oiseaux et je les emmènerai dans mes bureaux. Ensuite, j'irai dans le bar et j'y resterai jusqu'à ce que son ami l'ait quitté. Vous allez l'attendre ici et l'emmener dans un endroit sûr.

« Plus tard, je partirai comme si je n'en savais rien et laisserai Gregory se contenter d'acheter le bétail légalement. En fin de compte, il n'aura rien perdu, puisque l'argent du premier achat est revenu dans sa poche. "

Saúl sourit dans l'ombre. C'était la croyance du "shérif", mais la vérité serait tout autre. Il n'avait pas voulu parler à l'homme à la star de cette fin car il doutait qu'il approuve son plan, mais il comprit qu'un coquin de la stature de Grégoire qui n'hésitait pas à jouer avec la vie d'honnêtes hommes, seulement pour le tromper de quelques milliers de dollars, il a dû être puni avec ses propres armes.

Il leur fallut plus d'une heure pour revenir, mais enfin ils revinrent de la rive du fleuve et retournèrent dans le tripot.

Dès qu'ils y disparurent, le "shérif" observa :

« Peu importe à quel point ils sont pressés, moins d'un quart d'heure ou vingt minutes finiront bientôt tout. C'est le moment précis de gâcher tout le plan.

Rapidement, il se rendit à la taverne où attendaient ses commissaires, et sortit avec eux dans la rue, où il leur dit :

« Vous faites demi-tour pour entrer dans la route par la partie inférieure du tripot et vous par le haut. Je traverserai la frontière et dans seulement dix minutes, chacun de nous rencontrera un voyou dans le service de Gregory stationné autour de "The Wild Horse". Appliquez le revolver sur leur poitrine comme premier salut et si quelqu'un essaie de crier, administrez-lui une ration de la crosse d'un revolver sur la tête pour qu'il se morde la langue. Faites-leur traverser la route et faites face au mur avec leurs mains en l'air jusqu'à ce que je vous rejoigne. Allons-y.

Ils se séparèrent en silence et Saúl rejoignit le « shérif » qui passa à la frontière.

Alors qu'ils approchaient de l'embuscade, il tenta de marcher comme s'il n'avait aucun intérêt à y rester, mais la voix douce et menaçante du "shérif" l'arrêta :

"Toujours. Hendrix, j'ai un revolver dans ma main qui peut être tiré sans s'en rendre compte. Que faisiez-vous ici ?

"Rien," Sheriff "" dit le voyou en serrant les dents, "Je me retirais pour dormir parce que je ne me sentais pas bien et je cherchais une cigarette. J'ai dû perdre du tabac et...

« Tant que vous ne perdez pas la tête, vous pouvez être satisfait. Voulez-vous tourner le dos avec vos mains appuyées sur le mur aussi haut que possible ?

"Hey vous...

« Voulez-vous le faire ou voulez-vous que je mette deux onces de plomb dans vos reins ? Choisissez, je suis pressé. Le voyou devina que le "shérif" ne menaçait pas en vain et obéit. Sur un signal du "shérif", Saúl a dépouillé le revolver.

« Eh bien, voici quelques poignées, mettez-les et j'espère que vous vous résignez si vous ne voulez pas passer un pire moment. Menotté les indésirables, le « shérif » ordonna :

« Continuez à descendre. Je pense que vous aimerez rencontrer vos collègues, qui ne devraient pas se sentir plus légitimes que vous.

Lorsqu'ils arrivèrent à l'un des commissaires, il eut un autre de l'embuscade face au mur.

L'opération consistant à le désarmer et à le menotter a été répétée et peu de temps après avec l'autre et en moins de dix minutes tous les trois avaient été annulés.

« Emmenez-les dans les bureaux et enfermez-les. Plus tard, allez-moi faire une tirade avec eux.

Et alors que ses commissaires partaient avec les trois prisonniers le « shérif », tendu, dit :

« Et maintenant, nous allons voir le visage du dangereux oiseau de proie de San Antonio. J'ai peur que cette fois la poudrière explose de telle manière qu'elle en frappe complètement certains d'entre eux.

CHAPITRE IX

GREGORY PERD LE REPOSE-PIED

Le plan de Saul s'était développé comme si tout dépendait de lui seul. Gregory, insistant sur ses procédés de thésaurisation peut-être parce qu'il voyait un avenir dangereux à San Antonio, n'avait pas hésité à répéter le système utilisé avec McClellan, bien que cette fois pour étendre le champ du soupçon, il s'était passé de l'appareil théâtral d'un ligne. dans l'articulation. Robert sortirait de là sans être inquiété et ensuite, quelque part loin de "The Wild Horse", quelqu'un l'attaquerait pour lui voler son argent.

Cette fois, l'affaire avait été conclue au prix de neuf dollars par tête. Gregory ne voulait pas donner plus et Robert les a acceptés, car, après tout, ni lui ni son ami n'ont rien perdu de leur part avec l'acceptation.

Mais comme Robert ne savait pas quel genre de piège lui serait tendu, dès qu'il avait l'argent en poche, Saúl avait été laissé dans le tripot jusqu'à ce qu'il parle au "shérif" et qu'il fasse une apparition au bar, pour vous garantir la vie. Il se souciait seulement d'être très alerte dès qu'il recevait l'argent et de se garder d'être surpris en aucune façon.

L'opération avait été retardée parce que Grégoire ne voulait rien signer aveuglément, tant qu'il n'avait pas la garantie que le bétail valait le prix estimé et c'est pourquoi il avait envoyé « El Pecas » pour examiner le bétail. Le voyou a compris à beaucoup de bétail pour avoir agi comme un cow-boy pendant longtemps.

Son rapport décida l'opération et Grégoire, en échange du reçu correspondant, donna neuf mille dollars.

Robert, avec tous ses sens en éveil, empocha les billets et s'assit à table. Il en avait choisi un du coin et avait pris soin de se positionner de manière à ce qu'il fasse face aux clients.

« Quand vas-tu t'occuper du bétail ? Il a demandé à Grégory.

"Au lever du soleil. La nuit, il est exposé à déplacer du bétail et je ne veux pas qu'il y ait de bétail perdu. Retournez-vous au troupeau ?

« Non, puisque je peux attendre. Je suis tenté de tenter ma chance au jeu. Mon père m'a autorisé à vendre le bétail jusqu'à huit dollars. Je les ai vendus neuf et ce dollar supplémentaire dont je peux disposer sans que personne n'ait à me demander un compte.

«Eh bien, comme je n'ai pas grand-chose à faire jusqu'à ce qu'il soit temps de ramasser le bétail, je peux t'accompagner et nous allons donc ensemble quand le soleil se lève. Ça à l'air bon?

« Pour ma part, ravi.

« Alors attendez que je donne des ordres pour qu'à l'aube les hommes qui doivent prendre en charge le paquet soient prêts.

Il a appelé « El Pecas » et lui a donné des instructions. Pour Grégory, c'était une garantie et un repos que Robert y resterait, mais, en revanche, c'était contrecarrer son plan, car si le vendeur ne partait pas jusqu'au jour, ses hommes perdraient leur temps à attendre à la porte de l'articulation.

Il s'approcha de "El Pecas" et, à voix basse, dit :

« Le gars ne veut pas partir d'ici avant l'aube et cela contrecarre mes plans. Sortez nos hommes de la rue et surveillez le lever du soleil. Nous devrons trouver un moyen de faire preuve de négligence là où il n'y a aucun danger que quelqu'un intervienne.

« Je pense que le meilleur endroit sera lorsque vous vous occuperez du bétail. Comme il devra aller là où se trouve le peloton, c'est plus solitaire et...

"Mais ses pions...

« Eh bien, je vais étudier ça. Le fait est de ne pas s'enfuir avec l'argent.

Grégory revint vers Robert, qui semblait distrait, mais n'avait pas perdu de vue le couple. Il se demandait de quoi ils parleraient, même s'il s'en doutait.

Mais en même temps il s'inquiétait de la tranquillité qui y régnait. Il est vrai que personne n'avait troublé la paix comme une menace pour lui, mais on n'a pas expliqué comment Saul restait si inactif.

Grégory a invité Robert :

« Tu veux que nous montions dans la salle de jeux ?

"Pour moi, vas-y, mais d'abord... Où est le stylo ici ? J'ai trop bu cet après-midi et...

Gregory sourit et indiqua la porte de derrière.

« Allez dans le couloir et vous la trouverez au bout. Je t'attends.

Robert traversa le couloir, atteignit le corral et, sans s'arrêter, souleva la barre de la porte et sortit sur le terrain libre.

Veloz a couru autour des bâtiments et sur Main Street. Saul devait être là et il avait besoin de le voir et de lui parler. S'il était là et lui disait de retourner au joint, il le ferait sans que Grégory n'ait remarqué la manœuvre.

* * *

Le « shérif » s'apprêtait à entrer dans « El Caballo Salvaje » lorsque « El Pecas », impétueux, sortit sur la route à la recherche de ses satellites.

Ce faisant, il heurta le « shérif », qui le tenait par le bras.

« Qu'est-ce qui ne va pas », Taches de rousseur « qui va si vite ? Vous avez mal à l'estomac ?

Le voyou grimaça et répondit :

«Heureusement, rien ne me fait jamais de mal. Je suis pressé et je ne pense pas avoir à l'expliquer.

Qui sait... cherchiez-vous vos trois amis par hasard ?

« Quels amis ? demanda le voyou en se raidissant.

« Ces trois qui traînaient devant la porte ici depuis plus de deux heures.

« Je ne sais pas de qui vous parlez.

« Tu ne les as pas vus quand tu es sorti il y a une heure et demie avec un éleveur en compagnie duquel tu es allé à la rivière ?

« Les taches de rousseur » tendirent ses muscles. L'instinct lui a dit que le "shérif" était trop au courant des mouvements de son patron et que la chose menaçait d'impliquer quelqu'un dangereusement.

« Je n'ai vu personne et je n'ai pas eu à le regarder.

« Peut-être avez-vous raison à ce sujet. Eh bien, qu'est-il arrivé à l'éleveur que vous avez accompagné lors de cette visite nocturne ?

« Tu penses que je l'ai mangé ? Il l'a là-dedans.

« Je le célèbre beaucoup, car c'est un homme qui m'intéresse énormément. Ils me l'ont recommandé de Victoria et la vérité est que je n'aime pas que ce soit en compagnie d'éléments comme vous et votre patron.

« Et puisque je suppose que ce contact n'avait d'autre but que de discuter de la vente du bétail que vous avez amené à San Antonio, j'espère que vous m'informerez de l'évolution des négociations.

« Pourquoi ne demandez-vous pas à l'éleveur ou à Grégoire ? Je ne suis ni l'acheteur ni le vendeur.

"Mais tu es un intermédiaire et... très dangereux," Taches de son. " Aussi dangereux que les trois gars que vous aviez postés ici attendant que cet homme sorte avec l'argent dans sa poche. Répéter le tour de combat était très exposé, mais le traquer dans l'ombre et à distance, pas tellement,

« La mauvaise chose, c'est que cette fois je ne me suis pas laissé prendre la tête. Vos amis se reposent dans mes bureaux, où leurs activités seront moins dangereuses, et puisque vous êtes intéressé à les contacter, il est préférable de me suivre et de les rencontrer là-bas.

« Nous devons parler de beaucoup de choses et nulle part mieux que dans mes bureaux. Veux-tu avoir la gentillesse de m'accompagner de ton plein gré ? "

"El Freckles" n'était pas un homme dont le nombril rétrécissait face au danger. Il devina que les choses en étaient arrivées à un point où le « shérif » s'approchait tragiquement du but qu'il cherchait depuis longtemps et comprit que, s'il ne pouvait plus se moquer de lui, il devait tout risquer pour que tout le réprime.

Et rapidement, il a apporté sa main sur le côté pour tirer le revolver, mais quand l'arme est sortie de l'étui, une autre main a émergé de l'ombre à une courte distance, agrippant la sienne, empêchant l'action, tandis que quelque chose de fin et rond qu'il n'avait pas besoin de voir pour se rendre compte que c'était le canon d'un revolver, il lui était enfoncé dans les reins.

« Desserrez cette main et ce sera mieux pour vous » dit doucement la voix de Saul, qui était celui qui était venu en aide au « shérif ».

Le voyou grinça des dents de colère. Il était tombé dans un piège dont il ne savait comment sortir.

Il desserra sa main et Saul sortit l'arme, la saisissant.

"Ami très opportun" observa le "shérif" "et cette opportunité a sauvé ce crapaud, du moins pour le moment, car dans l'ombre il ne s'est pas rendu compte que j'avais le revolver caché dans la paume de ma main. Je ne voudrais pas l'ai laissé tirer, mais c'est mieux ainsi, qu'aucun bruit n'ait été produit.

À ce moment, quelqu'un s'est approché du groupe. Le "shérif" s'agita, pointant le revolver sur lui. mais Saül, reconnaissant son ami, s'empressa d'avertir :

"Attention, shérif", c'est mon ami Robert.

« Diable !... D'où vient-il ?

"De là. Ce qui se passe, c'est que j'ai quitté le corral, intrigué de constater que personne ne s'est présenté pour participer à la célébration. Mon ami Grégory m'attend pour jouer avec moi un moment puis, à l'aube, sortir se promener le long des berges de la rivière.

"Très intelligent, mon ami, mais je pense que tu ferais mieux de ne pas risquer de revenir. Écoutez Saul ; mes commissaires seront dans les bureaux gardant cet autre trio. Voici quelques menottes, mettez-les gentiment à l'ami "Taches de rousseur" et emmenez-le là-bas avec les autres. Attendez-moi aux bureaux, je vous retrouverai quand j'aurai discuté avec l'ami Grégory. Je vais voir comment j'ai un peu amer la nuit.

Saúl hocha la tête et, menotté le dangereux indésirable, ils le forcèrent à marcher devant, en appliquant le "Colt" sur les côtés comme un avertissement de ce qui pourrait être à jouer s'il essayait de s'enfuir.

Le "shérif", plus calme en sachant que Robert était en sécurité, entra enfin dans le bar. Maintenant, elle était complètement libre de se déplacer sans craindre pour la vie de qui que ce soit.

Gregory semblait un peu nerveux. Il regardait avec intérêt la porte du corral et semblait commencer à s'impatienter de l'absence prolongée de l'éleveur.

L'entrée du "shérif" l'a rendu nerveux. Ce n'était pas une chose étrange qu'il visitât la nuit ces lieux tumultueux, mais le moment était si critique que l'instinct semblait l'avertir que son entrée dans le bar n'était pas accidentelle.

Mais en faisant appel à sa maîtrise des nerfs, il feignait un calme qu'il n'avait pas.

"Bonjour Grégory ! " Salua le 'shérif' avec un sourire amical. " Je le vois très inoccupé et rigide. Est-ce que c'est malade ?

"Non merci, je me sens parfaitement bien.

"Je le célèbre. C'est très étrange de ne pas le trouver en train de boire ou de jouer.

« J'attends un ami qui est entré dans l'enclos un instant. Si vous êtes si intéressé à me voir faire quelque chose que vous dites, attendez un peu et dans quelques minutes vous me trouverez à la table de roulette.

« Je te souhaite bonne chance, Gregory, mais j'ai bien peur que ce ne soit pas avec cet 'ami' que tu joueras à la roulette ce soir ou quoi que ce soit d'autre. Il semble qu'il se soit senti mal et qu'il ait choisi d'aller se reposer.

Gregory devina que quelque chose de subtil se refermait autour de lui et, s'agitant, s'exclama :

"Qu'est-ce que ça veut dire?

— Pas grand-chose, Grégory. Cependant, c'est quelque chose que vous serez intéressé de savoir.

Votre "ami" est aussi un de mes amis. Il est le fils d'un éleveur de Victoria qui est venu avec un petit paquet pour le vendre. Son père m'a écrit pour me conseiller et, craignant qu'il ne tombe entre de mauvaises mains, j'ai veillé à ce qu'ils surveillent son arrivée et ses déplacements.

« Et j'ai été déçu de voir que tu n'es pas aussi intelligent que tu le parais, parce que tu as dit que l'homme est le seul animal qui trébuche deux fois sur la même pierre.

"Parce que tu as répété l'astuce de mettre un homme dans le pré pour traquer les imprudents qui viennent vendre des petits ballots et que ce type, qui cette fois n'était pas Roger, car il a disparu, t'a amené ici pour te mettre dans leur embrayages comme ils lui ont amené M. McClellan il y a quelques nuits.

Grégoire en colère s'agita, s'écriant :

« Tu es un crétin et cette fois tu as lamentablement échoué. Il est vrai qu'ils m'ont amené cet éleveur, comme ils m'en ont apporté d'autres, mais qu'a-t-il à prétendre d'autre ? Nous avons passé un accord, j'ai acheté le bétail, je l'ai payé en bons dollars pour son bétail et il ne lui est rien arrivé... Est-ce que je n'ai pas le droit de trouver un moyen de faire des affaires, même si j'ai besoin l'aide d'un homme ? confiance?

« Vous avez persisté à ce que je participe au malheur de M. McClellan, ce que vous n'avez pas pu prouver, et maintenant vous essayez de me blâmer pour quelque chose qui n'est arrivé que dans votre fantasme. Pensez-vous que je suis prêt à vous permettre de me prendre comme cible pour vos échecs ?

"Je n'ai rien fait et il n'y a rien que vous puissiez me prouver. Par contre, je lui ai dénoncé qu'on m'avait volé du bétail qui était légalement le mien et, au lieu de chercher les voleurs, il perd misérablement son temps à répandre ces filets grossiers, qui ne sont que des trous idiots sans force légale pour m'envelopper... Êtes-vous tellement idiot que vous ne voulez pas vous en rendre compte ?

« Si en vérité cet homme est le fils d'un ami qui vous a rencontré, je pense que c'est la preuve qu'il ne lui est rien arrivé et que personne n'a tenté contre lui. Si vous l'avez planifié ainsi, croyant que vous étiez en possession de la vérité, vous vous rendrez compte que vous exécutez la plus grande des choses ridicules. "

« C'est possible, Gregory, mais je crains que ce ne soit vous qui vous trompez un peu. Je ne suis pas un idiot comme vous vous en doutez, et le filet n'a pas non plus de trous si larges qu'un éléphant puisse s'en échapper.

"En ce moment, j'ai dans mes bureaux, prêt à avoir une belle conversation avec moi et avec les commissaires, les trois gars que tu avais postés à la porte attendant que mon ami parte et aussi andna "Les taches de rousseur", qui apparemment viennent outíto les rencontrer pour leur donner des instructions.Ces quatre sont là dans un endroit sûr, c'est maintenant que nous allons clarifier beaucoup de choses que jusqu'à présent vous avez eu la grande capacité et la grande chance d'échapper.

"Je vous ai prévenu que je ne suis pas un homme qui abandonne et je vais vous le prouver. Si j'ai eu tort, je suis prêt à l'admettre, à me laisser poursuivre comme calomniateur et à quitter la star pour toujours ; mais si je ne me trompe pas, il va se passer beaucoup de choses très pittoresques. Et comme cela va être démontré dans la confrontation que nous allons tous avoir ce soir dans mes bureaux, je vous invite à me rejoindre. Là, nous clarifierons tout et l'un de nous sera vaincu et l'autre victorieux.

"Alors, si vous êtes si sûr d'avoir agi honnêtement, vous serez le premier à souhaiter que la vérité brille et que je sois rebuté. Alors j'espère qu'il ne mendie pas et m'accompagne de son plein gré . "

Alors que le « shérif » clarifiait la vraie situation, le voyou s'est rendu compte que cette fois le « shérif » avait été plus intelligent qu'il ne l'avait prévu et qu'il était sur le point de lui serrer le cou et que son imagination travaillait à toute vitesse, à la recherche d'une sortie qui pas facile car le réseau était trop dense.

Et craignant que sa carrière triomphale dans le braquage ne se termine de manière tragique, il a pris, comme "El Pecas" l'avait déjà essayé, une résolution drastique.

Il ne se laissait pas prendre et enfermer comme un doux agneau et préférait s'exposer à tout, afin de trouver une échappatoire par où s'échapper. Il ferait appel au plus tragique, même si cela l'obligeait à quitter San Antonio à cheval et à se réfugier dans un autre endroit moins exposé.

Mais devinant que le "shérif" était prévenu et qu'il ne serait pas facile de le surprendre, cachant sa réaction et sans altérer le moins du monde les traits de son visage impassible, il s'exclama :

Pourquoi pas Shérif ? Je suis prêt à me soumettre à cette épreuve pour montrer que vous êtes allé trop loin dans votre fantasme.

« Dans ce cas, puis-je prendre en charge votre revolver avant de sortir ? Je n'aime pas marcher dans l'ombre avec un homme qui a un "Colt" sur le côté et qui peut l'utiliser aussi vite que possible.

"Très bien. Voulez-vous que je vous le donne ? Préférez-vous le retirer vous-même, ou que quelqu'un le fasse pour vous ? J'accepte ce que vous avez pour vous prouver une fois de plus que vous avez tort.

Le « shérif » hésita un instant. Il était persuadé que Grégoire n'accepterait pas de l'accompagner de plein gré, encore moins qu'il se laisserait désarmer en toute impunité, et il se demanda si au moins cette fois où il se croyait triomphant, il s'était trompé ; mais déterminé à aller jusqu'au bout, il répondit :

« Je préférerais que quelqu'un vous prenne l'arme, mais n'essayez pas de jouer un tour car cela vous coûtera cher.

« Cela vous montrera non.

Il tourna le dos et leva les bras. Le shérif a fait signe à un client qu'il soit celui qui retire le revolver de la ceinture du voyou par derrière. Un silence impressionnant s'était produit dans le bar avant le dialogue tendu. Personne, pas même le « shérif » lui-même, n'avait osé affronter le dangereux indésirable et le fait que cette situation se soit produite, les avait suspendus.

Le client a sorti le revolver de Gregory et l'a remis au "shérif", qui l'a mis dans sa poche. Grégory se tourna vers le visage.

« Êtes-vous satisfait ? demanda-t-il avec ironie.

« Quelque chose que vous avez fait plus que ce à quoi je m'attendais ; mais il n'a pas encore tout fait. Allez, vas-y.

C'est alors que l'inattendu s'est produit. Gregory, baissant son bras droit, avait laissé échappé un petit revolver qui était dissimulé dans sa manche et avant que le "shérif" ait pu se rendre compte de ses intentions farouches et moins se mettre en garde, il a tiré deux fois sur lui en sautant de dos comme un chat, gagner la porte du couloir et fuir par le corral, comme Robert s'était enfui.

Le "shérif" a poussé un cri d'angoisse et a mis ses mains sur sa poitrine dans un geste de douleur et de désespoir, alors que les témoins du drame, paralysés par l'agression inattendue du voyou, n'avaient pas réagi contre lui.

Mais quand ils ont essayé, il était trop tard, car Grégoire, à toute vitesse et, ayant trouvé la porte du corral ouverte, a disparu. Certains sont allés aider le "shérif". Celui-ci, essayant de rester entier, s'écria :

« S'il vous plaît, l'un de vous court dans mes bureaux et voit mes commissaires, qui sont là ! Qu'ils recherchent ce chacal traître et n'abandonnent pas tant qu'ils ne l'ont pas ramené criblé de balles !

Manquant de force, il s'effondre et parmi plusieurs, après avoir appliqué des mouchoirs sur les plaies pour contenir l'hémorragie, ils le portent et se précipitent à la recherche du médecin le plus proche.

Exécutant l'ordre du « shérif », l'un des clients courut aux bureaux, où les deux commissaires, Saúl et Robert, attendaient avec impatience le retour du « shérif ».

Par mesure de précaution, les détenus avaient été enfermés dans des cages. Il y avait trop de quatre types de cette dangerosité pour ne pas prendre de précautions avec eux.

Et ils attendaient avec impatience le retour du « shérif ». Bien qu'ils aient un goût dur et courageux, ils éprouvaient un certain malaise, car connaissant Grégoire il fallait craindre une réaction sauvage en lui s'il se voyait en danger imminent.

Gregory, jetant le feu de ses yeux, a couru rapidement vers "Le Dollar d'Argent" où, à ce moment-là, le reste de ses hommes devrait être.

Le gang avait diminué, parce que Gregory avait prudemment envoyé Roger et tous ceux qui avaient pris part au combat simulé hors de San Antonio la nuit où McClellan avait été blessé.

Mais il lui restait encore cinq hommes. Les quatre autres se trouvaient dans les bureaux du « shérif » détenus. D'un signal impérieux, il les força à sortir sur la route et quand ils furent dehors, il beugla :

« Le moment est venu de tout risquer sur une seule carte. Le "shérif" m'avait piégé ce soir, obtenant une part de succès. Il a détenu "El Pecas" et trois autres dans ses bureaux et il avait l'intention de m'arrêter. Je l'ai assommé de deux coups dans "El Caballo Salvaje" et, comme nous ne pouvons plus nous moquer de lui, nous devons livrer la bataille décisive. Soit lui, soit nous.

« Pour cette raison, j'ai décidé de faire une descente dans les bureaux et de donner la liberté à nos entreprises. – Eros. Allí Je pense que c'est seulement les deux commissaires et deux hommes pour six comme nous, c'est très peu.

« Si le 'shérif' a été mortellement blessé, me semble-t-il, et que nous éliminons les deux commissaires, nous aurons pris le contrôle de la situation. J'amènerai immédiatement ceux qui sont allés à Austin et nous verrons si après la leçon, quelqu'un ose prendre l'étoile et se tenir à nouveau devant nous. Êtes-vous satisfait de mon plan? "

Ils hochèrent tous la tête. Ils n'étaient pas très heureux de faire face à des coups de feu avec autorité, car c'était extrêmement dangereux, mais si Gregory avait abattu le "shérif", il n'y avait pas d'autre choix que de continuer ou de s'échapper et de quitter San Antonio avant d'être pris dans un raid. . radical.

"Eh bien, allons-y," dit résolument Gregory. Tout a été si rapide, que je suis sûr que la nouvelle n'est pas encore parvenue aux oreilles des commissaires. Ils se seront précipités pour s'occuper du "shérif" en oubliant le reste, à part le fait qu'ils ont peur de nous et que personne ne veut se tenir devant nous. Nous prendrons les commissaires au dépourvu et les tuerons facilement.

Collés aux murs pour passer inaperçus et dans une file lointaine, ils se dirigent vers l'endroit où se trouvent les bureaux. Si personne n'avait pris de précautions en fermant la porte, ils entreraient par surprise et, lorsqu'ils voudraient se rendre compte de l'assaut, il serait trop tard pour empêcher la fin tragique.

Mais, bien que Grégory ait manœuvré rapidement, il n'avait pas pu empêcher la nouvelle d'arriver à la connaissance des commissaires et, ainsi, lorsqu'ils se sont approchés des bureaux, le client de "El Caballo Salvaje" était déjà à l'intérieur, qui avait été chargé de donner l'avis aux commissaires.

CHAPITRE X

LA FIN DE LA PUGNA

La personne chargée de communiquer la tragédie aux commissaires sportifs s'est déclarée nerveuse et fatiguée de la course et les deux commissaires, Saúl et Robert, ont grincé des dents de colère en pensant à la lâcheté de Gregory.

« Il s'est pris jusqu'au cou et a tout risqué pour une carte », a commenté Robert. Maintenant, la question est de savoir où il se trouve et combien de personnes il a sous ses ordres, car il va lancer tous ses satellites au combat puisqu'il a tout perdu.

"Et quant à la demande du" shérif " d'aller à la poursuite de ce vautour, je pense qu'elle est malavisée, car si vous laissez cela avec quatre coquins dans les cages, il peut arriver que, s'ils s'en rendent compte, ils viendront à libérez-les et les choses s'enveniment pour vous.Maintenant, les commissaires sont les ennemis les plus directs et ils essaieront de les éliminer à tout prix.

« Que pouvons-nous faire ? a demandé l'un des adjoints du shérif. Nous avons reçu un ordre et...

« Un ordre émis à un moment où sa tête ne devait pas réfléchir à certaines choses. Il voulait être obligé de payer Gregory pour sa méchanceté, mais il ne pouvait pas penser calmement aux conséquences. À mon avis, tout peut être harmonisé, puisque mon ami Saúl et moi, nous nous joignons à ses côtés et nous sommes prêts à affronter ce qui est présenté.

"Et une solution viable est que mon ami Saúl, qui a trois pions non loin d'ici en attente de ses ordres, aille immédiatement les chercher et vienne avec eux ici immédiatement. Ensuite, nous serons sept et un commissaire peut rester avec un . ou deux ouvriers et l'autre, avec nous, nous consacrons à la chasse et à la capture de ce cochon... Si quelqu'un a une meilleure idée, qu'il la propose."

Tout le monde trouva le plan excellent et Saúl, sans perdre de temps, quitta les bureaux et courut chercher ses ouvriers qui avaient été laissés à la périphérie en attendant l'ordre de prendre en charge le paquet et de commencer le voyage de retour au ranch, parce que le plan de Saul était "avant que tout ne bascule" de fuir avec les cornes une fois que Robert aurait collecté le montant et de laisser à nouveau l'indésirable hors de la boucle.

Maintenant, ce n'était plus faisable à des moments aussi critiques, mais ses pions pourraient être un excellent contrepoids dans la quête pour éliminer Gregory.

Saúl a eu de la chance, quittant les bureaux cinq minutes avant que Gregory et ses vautours ne s'approchent d'eux avec l'intention de les agresser. S'il avait été un peu en retard, ils l'auraient traqué en lui tirant dessus traîtreusement.

Et ainsi, tandis que l'audacieux contremaître courait chercher des renforts, Grégoire s'approcha dangereusement des bureaux, prêt à les prendre d'assaut par surprise.

Mais le voyou n'avait pas compté sur la sagacité de Robert, qui dès que son ami sortit, indiqua :

« Je pense qu'il est préférable de bien fermer la porte et d'être attentif à ce qui peut arriver jusqu'au retour de Saúl. Personne ne sait quels peuvent être les plans désespérés de ce type, qui sait à un millimètre d'une balle de revolver ou à un pied d'une cravate en chanvre. Voici quatre hommes qui vous seraient très utiles pour nous combattre, et vous pourriez être tenté de venir le chercher de votre mieux.

L'avertissement de Robert impressionna les deux commissaires, qui décidèrent de suivre les conseils et refermèrent la porte, passant la barre de fer intérieure à la douille qui la recevait pour donner plus de sécurité à l'inviolabilité de la maison.

La décision était des plus opportunes, car très peu de minutes plus tard, les assaillants arrivèrent en silence, collés aux murs, à la porte du bureau.

Robert avait demandé à un commissaire de rester derrière la porte attentif à tout bruit et comme il y avait une fenêtre dans le bureau qui donnait sur la place, de là ils pouvaient voir Saúl et ses hommes arriver.

Pour plus de précaution, il a ordonné que la lampe soit déplacée dans la pièce immédiate. Dehors, il faisait bon clair de lune et il valait mieux rester à l'ombre à l'intérieur. Ce fut Grégoire qui, tendu, rigide, tenant le revolver avec une détermination farouche, se dirigea le premier vers la porte et fouilla autour d'elle ; la lame n'a pas cédé un millimètre, indiquant qu'ils s'étaient fermés de l'intérieur.

Il dut se mordre la lèvre pour ne pas lâcher la malédiction qui leur était venue. L'échec est grave, car non seulement il évite la surprise, mais il ne sera pas facile d'entrer par la force.

Le léger bruit qu'il produisit lorsqu'il tâta plusieurs fois la porte au cas où elle céderait, fut capté par le commissaire, qui s'empressa d'informer les autres de ce qu'il avait découvert. Robert, tendu, commenta :

« J'ai été un peu diseur de bonne aventure et je le célèbre, je pense que si c'était faisable, nous pourrions essayer de donner une petite surprise à n'importe qui.

"Comment?

« Ne pas leur ouvrir la porte et les inviter à entrer. Ce serait insensé, car nous ne savons pas combien peuvent essayer de nous rendre visite par eux-mêmes. Mais... je vais voir si je relance la chasse et on découvre combien de vautours ont posé leurs pattes devant la porte.

Comme les bureaux étaient dans l'ombre, Robert s'est approché furtivement des barreaux de la fenêtre et comme il ne pouvait voir personne, il a passé son bras entre deux barreaux, l'a tordu en direction de la porte et a tiré deux fois de suite, en retirant rapidement le pistolet. bras.

Un rugissement de douleur intense, suivi d'un chœur de jurons rauques, a exposé les assaillants. Ils ne pouvaient plus garder l'incognito car ils avaient été découverts.

Immédiatement, une vibration nourrissante de coups de feu fut la réponse à l'acte audacieux du pion, et les balles effleurèrent les barreaux.

Robert, qui avait ordonné à tout le monde de se laisser tomber au sol pour éviter qu'une balle ne les atteigne s'ils tiraient de face, sourit avec amusement.

« Je jurerais qu'il y en a six ou sept à en juger par les coups de feu qu'ils ont tirés. Une force non négligeable, s'ils nous avaient pris au dépourvu.

Instantanément, il y eut de nouvelles flèches et cette fois, elles ne regardèrent pas au-delà de la fenêtre, mais les projectiles pénétrèrent droit mais haut, creusant le mur frontalier.

Les assaillants, renonçant à forcer la porte, s'en étaient retirés pour se placer devant les bureaux dans l'espoir d'atteindre les défenseurs en mettant les balles par la fenêtre.

Mais la tentative fut vaine, car personne ne voulait être la cible des tirs.

Au contraire, Robert et les deux commissaires s'approchèrent à genoux de la fenêtre qui s'ouvrait et, sans regarder par-dehors, placèrent leurs revolvers sur le rebord et tirèrent en éventail, espérant surprendre quelqu'un.

Ils n'entendirent plus de cris de douleur, mais Grégoire et ses hommes, châtiés par surprise et avec un homme sérieusement touché, s'étaient retirés de l'endroit dangereux, essayant de se mettre à l'abri des coups de feu tirés sur eux dans l'ombre.

Mais furieux, ils concentraient leurs feux contre la vitre et les projectiles pleuvaient contre elle, pénétrant à travers les fers et se clouant avec insistance dans le devant de la parea.

"Ils finiront par renverser la cloison sans avoir besoin de pioche", a commenté Robert en plaisantant. Quand ce sera fini, ça ressemblera à une passoire.

Pendant plusieurs minutes, la fusillade a été intense. Les assiégés utilisèrent leur tactique consistant à tirer près du cadre sans être vus, mais gaspillant du plomb en vain.

« Qu'ils soient ceux qui consomment leurs munitions. Ils ont pris leurs mesures et il ne sera plus facile de les surprendre.

« Oui, mais que se passera-t-il lorsque votre ami reviendra ?

« S'ils n'arrêtent pas de tirer, cela servira d'avertissement et, s'ils s'arrêtent, c'est nous qui tirerons judicieusement pour les avertir.

Grégoire, désespéré par l'échec, a donné l'ordre d'arrêter de tirer, puis d'une voix de tonnerre il s'est écrié :

« Commissaires, si vous décidez de partir, je vous promets que nous vous laisserons partir sans vous faire de mal. Si vous persistez à rester là, préparez-vous, car je vais mettre le feu à l'immeuble et je ne laisserai personne sortir vivant.

Robert, sans faire attention, se chargea de répondre :

"Ne sois pas bluffant, Grégory. Tu n'as pas le courage de t'approcher d'un coup de feu, car nous allons te rôtir vivant. Pour mettre le feu, tu dois montrer ton visage comme un brave et toi... tu sont un putain de lâche.

Gregory, à l'insulte, a jeté son revolver contre la fenêtre, mais en vain.

« Pourquoi ne sors-tu pas me dire ça ici ? rugit-il.

« Parce que je ne donne pas de belligérance aux meurtriers. Tu mérites de mourir pendu à un arbre et une autre mort serait trop noble pour toi.

Les paroles de Robert finirent d'enflammer la colère du voyou, qui, furieux jusqu'au paroxysme, cria :

« Ce nid de chacal doit être incendié ou nous n'aurons rien accompli. Il faut se dépêcher car si quelqu'un réagit et prend le parti du "shérif", on aura perdu la partie.

Mais ce n'était pas la même chose de le dire que de l'exécuter. S'approcher des bureaux, c'était s'opposer à un cercueil et personne ne semblait vouloir entrer dans une enceinte aussi étroite. Enfin, on a osé indiquer :

« Peut-être que quelque chose peut être essayé par derrière. Il y a le corral et, s'ils ne peuvent pas s'occuper des deux fronts, quelque chose sera réalisé.

« Eh bien, allez-y deux pour voir ce qui peut être fait. En attendant, on va distraire ces crapauds.

Et pour y parvenir, ils se sont préparés à continuer à utiliser des projectiles inutilement.

Pendant ce temps, Saúl avait couru aussi loin qu'il le pouvait jusqu'à ce qu'il quitte le village et prenne contact avec ses péons, qui se sentaient déjà nerveux à propos de son retard.

Saúl les informa rapidement de ce qui s'était passé et les invita à se joindre aux commissaires dans la recherche de Grégoire. Les pions n'ont pas hésité à soutenir le plan.

Comme Saul était parti sans cheval, il monta sur un cheval de pion, et tous les quatre se précipitèrent vers les bureaux. Mais bien avant de les atteindre, ils entendirent le cliquetis des « Colts » et Saúl, nerveux, beugla :

« Par les clous de la croix !... Ils doivent prendre d'assaut les offices. Vite !

Ils avancèrent plus loin, mais avant d'entrer sur la place, Saúl arrêta ses hommes, mit pied à terre et, s'avançant près des façades, scruta discrètement la place. Les détonations ont éclaté depuis la frontière, étant répondues depuis les bureaux. Saúl, après avoir étudié la situation, a reculé dans sa commande ;

« Je resterai ici et vous ferez demi-tour et chacun de vous entrera par l'une des intersections qui mènent à la place. Dépêchez-vous car dans cinq minutes je donnerai le signal d'attaque en tirant un coup de feu.

Les péons obéirent et Saúl, allongé, pour mieux se faire discret, attendit en comptant les minutes. Et il s'apprêtait à donner le signal, lorsqu'il découvrit deux colis qui, tentant d'encercler la place, se croisaient devant l'ouverture de la rue où ils avaient tendu une embuscade. Saul n'hésita pas un seul instant. Deux ennemis assommés seraient deux pertes ennemies importantes et, étendant le bras, il leur tira quatre fois.

Ni l'un ni l'autre n'a réussi à atteindre le coin opposé et tous deux se sont tordus entre des cris de douleur.

L'attaque inattendue a pris Gregory et ses hommes restants par surprise et pendant un moment, ils ne savaient pas quoi faire. Mais alors qu'ils tentaient de réagir, trois hommes à cheval ont fait irruption sur la place de trois endroits différents, tirant sur la frontière des bureaux.

L'effet a été dévastateur. Les assaillants, craignant d'être attaqués par une force supérieure, tentèrent de s'enfuir ; mais les issues étaient fermées, et pendant quelques minutes une lutte acharnée s'engagea dans laquelle les revolvers tonnèrent tragiquement.

Saúl, ne faisant face à aucun autre ennemi, s'avança en criant à tue-tête :

« Robert, vas-y, ils sont à nous !

Cet appel a décidé du combat. Robert, avec les deux commissaires, s'est lancé sur la place en tirant furieusement, il n'y avait plus moyen pour aucun des assaillants de s'échapper.

Grégoire, qui avait réussi à atteindre le centre de la place en tentant de s'échapper par la frontière, se trouva entre plusieurs feux croisés et, enragé, déterminé à vendre chèrement sa vie, il se jeta à terre et se mit à tirer de façon folle. , essayant d'atteindre l'un de ses ennemis.

Mais sa résistance courageuse fut rare et brève. Une série de coups de feu le cherchant dans la lumière argentée de la lune, allèrent percer sa chair et il finit par rétrécir avec le revolver tenu fermement, mais plus assez fort pour tirer.

Quelques minutes plus tard, un silence tragique régnait sur la place. Pas un seul membre de la bande de Gregory n'avait survécu à l'encerclement mortel, et leurs cadavres gisaient dans diverses postures grotesques dans l'étendue de la place.

Lorsque Saúl a rencontré son ami et les commissaires, le drame était terminé et la menace de ce redoutable voleur et tireur a été effacée à jamais.

Les commissaires laissèrent Robert et les ouvriers aux soins des prisonniers et, rapidement, ils se dirigèrent vers "El Caballo Salvaje" à la recherche de nouvelles, pour connaître le statut du "shérif" et où il se trouvait. On leur a dit qu'il s'était rencontré chez le médecin le plus proche et c'est là qu'ils sont allés.

Le "shérif" avait reçu deux balles dans la poitrine, mais une n'avait pas d'importance. La balle était entrée en collision avec l'étoile, avait dévié et n'avait fait que la mordre.

L'autre blessure était plus grave, mais une fois guérie, le médecin a assuré qu'elle n'était pas mortelle. Cela prendrait trois semaines pour guérir, mais cela sortirait de la transe. Le "shérif", dur comme un roc, avait subi les cures et n'avait pas perdu connaissance. Aussi, lorsque le médecin annonça enfin la présence des deux commissaires, surmontant la douleur, il demanda :

"Quoi et tra newsandis? Est-ce que Cormo habandis ça prend si longtemps?

« Les nouvelles ne peuvent pas être meilleures, patron. Grégoire et tous les hommes utiles qu'il avait ici sont morts depuis un quart d'heure.

« Comment ? L'avez-vous enfin trouvé ?

« Non, il nous cherchait et ce fut sa chute.

Un commissaire a abondamment informé le "shérif" de tout ce qui s'était passé et de l'intervention de Robert, et de ses pions. Le shérif, satisfait, commenta :

«Cela a été une aide providentielle et je devrai pardonner à ces hommes les ruses qu'ils ont utilisées pour tirer Gregory d'une bouffée.ñado de dorlares. Après tout, ils l'ònt mérité, pour ce qu'ils ont exposé. Grâce à eux, nous avons éliminé la bande de vautours la plus dangereuse qui s'était installée au milieu du parcours.

Maintenant, trouve un chariot et essaie de me déplacer chez moi. Là, je me sentirai mieux et je pourrai proposer ce qu'il faut faire, s'il reste quelque chose à faire.

* * *

Le lendemain, lorsque Robert et Saúl sont allés rendre visite au « shérif » pour s'enquérir de son état, le blessé, en lui serrant la main, a déclaré :

« Je leur suis très reconnaissant pour l'aide qu'ils ont apportée à mes commissaires et pour le risque qu'ils ont pris pour contribuer à l'extermination de ce dangereux gang. Et puisque je veux rendre la pareille avec vous d'une manière ou d'une autre, je vais aider M. McClellan à résoudre son problème. Oublions cette poignée de dollars que tu as pris à Gregory avec le piège que tu lui as tendu et parlons du tas que tu as apporté à vendre.

« Ils vont s'adresser à une certaine personne à qui je vais les recommander. Je sais que pour m'avoir servi et reconnaissant que nous ayons aidé à faire disparaître Gregory, qui a déjà participé au vol d'un paquet qui a disparu, il n'aura aucun problème à acheter le bétail. C'est un honnête marchand, que Grégoire a pris des affaires avec l'astuce d'anticiper pour capter la volonté de ceux qui sont arrivés.

"Avec cette vente, vous aurez accompli avec bonheur la mission difficile que vous vous êtes fixée et votre employeur vous évitera des difficultés financières en collectant le produit de la vente.

« Quant à toi, ami Robert, je sais que tu partiras tout de suite pour Abilene. Je te souhaite bonne chance et je suis sûr qu'avec un homme comme toi, au service d'un éleveur, ton bétail est en sécurité.

Ils ont tous deux remercié le « shérif » pour l'aide et, le même jour, Saúl a contacté le marchand, qui a acheté les taureaux au prix de dix dollars. Cela a donné une énorme satisfaction à Saúl, car maintenant il pouvait donner toutes les informations à son employeur. L'Odyssée s'est produite puisqu'ils l'ont blessé et le rassurent sur l'argent qui était si nécessaire pour sauver sa situation financière.

Le même jour, avant que Saul n'aille rendre visite à son employeur, il rencontra Robert et ses ouvriers pour déterminer la répartition des neuf mille dollars que Grégoire avait donnés. Robert dut avancer sa marche vers Abilene, car le lot venait d'arriver, qu'il devait rejoindre comme convenu.

Saúl a compris qu'avec cinq d'entre eux qui avaient contribué à rendre le piège possible pour chasser Grégoire, il devait donner cinq mille dollars à Robert et les quatre mille autres pour les donner au rancher, en compensation du préjudice subi. Mais Robert a rejeté la proposition en disant :

« Ce n'est pas juste, Saul. Nous avons tous les deux fait de notre mieux pour parvenir à une conclusion réussie et autant que moi et mes pions, les vôtres l'ont. Donc, ma proposition est de séparer la moitié comme convenu et, puisque nous sommes intervenus, neuf, les uns en plus et les autres en moins, mais chacun a rempli sa mission, nous distribuons cinq cents dollars ; deux mille cinq cents pour moi et mes compagnons et deux mille pour toi et tes trois pions. Soit c'est distribué comme ça, soit je jette l'argent dans la rivière.

Saúl a dû accepter la formule et l'argent a été distribué comme suggéré par Robert.

Saúl s'est séparé de tout le monde pour aller à l'hôpital voir son employeur. Il n'y était pas allé depuis deux jours, et il devina que McClellan était nerveux et inquiet de son absence.

Et il en fut ainsi, car l'éleveur, qui s'améliorait remarquablement de sa blessure, ne pouvait expliquer le comportement de son contremaître, n'ayant encore plus rien à faire là-bas, mais attendre sa sortie de l'hôpital.

Pour cette raison, dès qu'il l'a vu apparaître dans la salle, il a censuré :

"Il n'y a pas de droit, Saúl... Deux jours sans paraître par ici... Tu ne me diras pas qu'il t'est arrivé quelque chose qui t'a empêché...

« Eh bien oui, patron ; Beaucoup de choses se sont passées que vous ignorez, comme d'autres se sont passées lorsque vous avez été blessé et ce n'était pas le moment ou l'occasion de vous les révéler, car alors elles étaient sombres et désagréables pour vous et pour tout le monde.

« Heureusement, en quelques heures le panorama a changé et maintenant tout est heureux et magnifique pour vous et pour moi, qui avons passé des heures très amères sans que vous vous en doutiez.

L'éleveur, raide, demanda :

« Veux-tu t'expliquer, Saúl ?

"Oui, patron. Je vais tout te dire et ça te fera comprendre la raison de t'avoir un peu délaissé.

Saúl lui a raconté tout ce qui s'était passé depuis le moment où il a été délibérément blessé pour voler son argent, jusqu'au moment de la mort de Gregory et de sa bande. L'éleveur l'écoutait avec de grands yeux et un air étonné, car il était loin de se douter qu'il était tombé dans un piège et qu'il était sur le point de perdre la vie, du bétail et de l'argent.

"Quel scélérat ! hurla-t-il." Et dire que je pensais que tout cela n'était qu'une malheureuse coïncidence !... Mon Dieu !... Que me serait-il arrivé si j'avais perdu le bétail et l'argent ?... Rien que d'y penser ouvre mes viandes.

"C'est pourquoi je n'ai rien voulu lui dire et lui ai menti en assurant que l'argent était en possession du" shérif. « Cela aurait aggravé votre existence sans que vous ayez pu faire quoi que ce soit pour y remédier et j'aurais été plus nerveux pour vous.

"J'avais décidé de récupérer l'argent d'une manière ou d'une autre et je me sentais capable de voler Gregory lui-même et de tirer l'argent de son portefeuille.

« Cela a été mieux. J'ai aidé le "shérif" à résoudre un problème grave et vous, à l'exception de la blessure, êtes sorti gagnant à cause des dix mille dollars de la vente du bétail, vous aurez quatre mille cinq cents compensations. "

«Pourquoi n'ai-je rien fait d'autre ? Ces quatre mille cinq cents dollars sont à vous ; vous les avez gagnés en vous exposant pour sauver mes intérêts et il est juste qu'ils soient pour vous. J'ai économisé mon argent et j'en ai assez.

« J'en ai eu cinq cents dans le casting réalisé par mon ami Robert.

« Eh bien, avec ceux-là, vous en avez cinq mille.

« Et pourquoi est-ce que je veux ce montant ?

"Alors ça ? C'est une belle somme pour quand tu dois te soucier de commencer une maison. Tu as l'âge, tu es un garçon beau, formel, sérieux, loyal et décent, et ces qualités ont une valeur très considérable quand vous pensez à fonder une maison, qu'il est temps que vous y pensiez.

Saúl baissa la tête pour cacher l'embarras que lui avaient causé les propos de son employeur. Le souvenir de Barbara lui était revenu à l'esprit avec une force écrasante et un tremblement nerveux le saisit. Pour cacher son embarras, il répondit évasivement :

« Un jour il faudra que j'y pense, patron, mais je suis bien petit pour la femme dont je rêve et quand l'impossible est loin de la main, il vaut mieux les oublier et attendre que quelque chose se présente une autre fois.

« Diable ! Es-tu devenu gourmand maintenant, Saul ?

« Je ne l'ai jamais été, patron. Mon ambition en ce sens n'est que sentimentale. j'ambitionne la femme qui juge capable de me rendre heureux et moi elle ; Rien d'autre ne compte pour moi, mais parfois cette femme peut être trop grande et alors tout devient un rêve.

"Eh bien, eh bien, ne soyez pas pessimiste ! Lorsque la situation se stabilise et que vous pouvez gagner plus et même profiter d'une partie des avantages, alors vous aurez raccourci la distance si ce cas se présente. Pour l'instant, économisez votre argent et économisez sur juste au cas où.

« Si vous le voulez ainsi, je le ferai, patron. Et maintenant, dis-moi ce que le docteur pense de ta blessure.

« Le médecin dit que j'ai une incarnation de taureau et que dans trois jours je peux sortir d'ici, bien qu'en veillant à ce qu'ils me guérissent de temps en temps. La plaie cicatrise très bien et je me sens forte.

« Alors, je vais tout préparer dans trois jours et nous partirons tout de suite. Ici, nous n'avons rien à faire.

Robert est parti en route vers Abilene avec le sien. compagnons et Saúl ont marché pour les voir partir, étreignant tout le monde avec affection.

« Bonne chance Robert » lui souhaita-t-elle.

« J'espère l'avoir, Saúl, et si c'est le cas, je promets de te rendre visite cet hiver à la fin de la route.

«Je vous remercierai et si les choses ont changé et que des ouvriers sont nécessaires sur le ranch du patron, ce serait pour moi un plaisir que vous restiez avec nous.

« Le temps nous le dira, Saul.

Trois jours plus tard, comme l'avait indiqué McClellan, il a été libéré et autorisé à quitter l'hôpital. A cette époque, Saúl avait rendu visite au "shérif", qui lui a donné des détails qui lui ont plu. L'un d'eux était la déclaration de ses prisonniers. Ils avaient tous été contraints de s'exprimer et, pour économiser autant que possible leur responsabilité, ils ont blâmé Gregory, exposant tous ses vols. Ils ont également fourni les coordonnées de ceux qui avaient fui à la suite de l'attaque de McClellan. Ils étaient à Austin et le "shérif" a télégraphié là-bas pour qu'ils soient arrêtés et jugés comme le reste du gang.

Le jour où McClellan a quitté l'hôpital, Saúl est allé le chercher. L'éleveur n'avait pas menti en affirmant qu'il se sentait fort et fougueux pour entreprendre le voyage. Mais avant que j'aie compris ou que fallait-il faire pour rendre visite au « shérif », le remercier pour son intervention et lui dire au revoir. Le « shérif » l'a accueilli avec plaisir puis a répondu :

"Ce n'est pas moi qu'il faut remercier, mais son contremaître qui est têtu, courageux et astucieux, je dois aussi les lui donner et je les lui donne, car c'est un des rares hommes que j'ai trouvé à mon goût dans tous les sens . Si j'étais marié, j'aurais une fille, je t'assure que je ne le laisserais pas s'échapper jusqu'à ce que je puisse le convaincre de l'épouser.

L'éleveur le regarda un instant comme si ses paroles l'affectaient profondément, puis, souriant, dit :

« C'est le plus beau compliment que vous ayez pu faire à un homme qui m'a témoigné une fidélité absolue depuis qu'il est entré dans mon ranch. Je ne voudrais jamais le perdre non plus et j'essaierai de le mettre à l'aise avec moi pour qu'il ne soit jamais tenté de m'abandonner.

Et avec cette déclaration quelque peu énigmatique, il a dit au revoir au "shérif" avec une forte poignée de main.

* * *

Le retour au ranch s'est effectué sans incident et Barbara, qui se sentait déjà très inquiète d'une si longue absence, a accueilli son père avec une accolade très émouvante.

« Oh, papa, ça fait combien de temps que tu es ! J'étais nerveux et...

« Eh bien, calmez-vous, nous sommes déjà là.

Il ordonna à Saul de conduire les péons au pâturage et d'attendre son appel. Puis il se retira avec sa fille dans la salle à manger, où, en ôtant son chapeau, il découvrit la blessure encore couverte d'un pansement. Elle, effrayée, s'écria :

« Bon Dieu !... Que t'est-il arrivé, papa ?

"Ne vous inquiétez pas, ce n'est plus rien. Cela aurait pu être tellement, tellement que cela aurait pu vous laisser orphelin et ruiné, mais Dieu est bon et veille sur ceux qui sont bons aussi.

"Cependant, je crois en mon devoir de vous dire toute la vérité, afin qu'en plus de la connaître, vous apprécierez dans tout son courage, la loyauté, l'affection et le courage de Saúl, sans lesquels tous ces misérables pourraient tomber sur vous. "

L'éleveur a donné à sa fille un compte rendu détaillé de toute l'odyssée qu'ils avaient endurée et de la ténacité et de la sagacité de Saul pour d'abord libérer le bétail pour forcer Gregory à les payer à nouveau et comment, à la fin, le gang avait été anéanti et il est revenu. avec dix mille dollars économisés grâce au rusé contremaître.

La jeune fille l'écouta abasourdie et avec une étrange lumière dans les yeux. Son inclination pour le garçon avec qui elle avait joué comme une fille était grande, et le fait qu'au profit de son père elle avait couru ces dangers, enflammait encore son admiration pour lui.

L'éleveur, qui la regardait en essayant de deviner ses réactions, a ajouté :

"Et savez-vous ce que le 'shérif' m'a dit à son sujet quand je suis allé le remercier et lui dire au revoir ?

"Qu'a t'il dit?

Et s'il avait été marié et en avait un. fille, elle ne l'aurait pas laissé partir tant qu'il n'aurait pas pu l'épouser, car il n'aurait pas trouvé de meilleur mari pour la fille que Saül.

Il la regarda droit dans les yeux et elle rougit.

Après un moment de silence, il osa demander :

« C'est quoi ce commentaire, papa ?

"Eh bien... quand je l'ai entendu, j'ai réalisé que j'avais aussi une fille pour qui je voudrais un mari aussi idéal que Saúl. Je vieillis, un jour je disparaîtrai et... qui mieux que lui pour faire ma fille heureuse et prend soin de ses biens ?Quiconque a été loyal et désintéressé avec moi dans les moments difficiles, ne pourrait pas être qualifié d'égoïste s'il essayait à un moment donné d'épouser la fille de son employeur.

Barbara, toute rouge, murmura :

"Voulez-vous dire que vous me le demandez? ...

« Non, non, je ne demande rien ! Oh mon Dieu! Je fais allusion à une possibilité qui pourrait être heureuse pour nous deux. Vous connaissez Saúl depuis votre enfance, vous avez joué avec lui, vous vous êtes compris et vous le connaissez à fond. Mais cela ne veut rien dire si cet autre sentiment indispensable pour rejoindre un homme n'existe pas.

Et s'il existait ?

« Barbara ! L'êtes-vous vraiment ? ...

« Papa. J'ai toujours aimé Saúl ; Mais ça ne veut rien dire non plus, si je ne suis pas aussi attirante pour lui qu'il le faudrait pour une telle union. Tu comprends ?

« Bien sûr que je comprends, mais tant pis si je n'ai pas deviné qu'il est amoureux de toi et qu'il fait d'énormes efforts pour le cacher. Récemment, quand je lui ai donné les dollars qu'il avait donnés à Gregory et lui ai dit de les garder pour quand il pensait à démarrer une maison, il a dit des choses étranges...

« Quelque chose comme s'il pensait à quelqu'un qui est au-dessus de lui en position et je commence à soupçonner qu'il y avait quelque chose de caché dans ses mots qui vous a affecté. Je ne veux pas te violer et je ne le violerais pas, mais pour moi ce serait une grande satisfaction de te voir mariée à un homme bien et de savoir que, si je m'absente un jour, tu aurais quelqu'un pour veiller sur toi et vous rendre tout le bonheur que vous méritez.

"Merci, papa" dit-elle en le serrant dans ses bras ému. Je ne sais certainement pas ce qu'en pensera Saul, bien que j'aie parfois soupçonné qu'il était amoureux de moi. Si oui, nous verrons comment il parle clairement et, s'il m'aime, je vous promets que je me considérerai aussi heureux que vous et j'espère qu'il est aussi heureux que vous deux.

* * *

Un peu plus tard, McClellan a appelé Saúl pour lui dire :

« Je me suis senti obligé de dire toute la vérité à ma fille et, comme vous pouvez l'imaginer, son émotion et sa gratitude envers vous sont infinies. Il a toujours ressenti une inclination très expressive envers vous, mais s'il manquait quelque chose pour l'accentuer, votre exploit l'a accompli. Il veut vous remercier personnellement et... il vous attend dans la salle à manger. Saul, tremblant d'émotion, entra dans la pièce. Elle courut vers lui, lui prit les mains et, avec un accent ému, dit :

« Saúl, je ne trouve pas les mots pour te remercier pour ce que tu as fait pour mon père et, en refus, pour moi. J'aimerais trouver quelque chose qui me permette non seulement de l'apprécier, mais de le récompenser comme il le mérite.

« Pour l'amour de Dieu, mademoiselle Barbara, ne dites pas ça ! Moi...

"Saúl, il y a longtemps tu m'as appelé Barbara et ça sonnait bien à mon oreille. Pourquoi as-tu changé et maintenant tu me traites avec cette cérémonie ?

"C'est que... alors nous étions deux créatures sans préjugés, mais plus tard... tu as grandi, tu es devenue une femme et moi... étant un humble serviteur du ranch, j'ai dû me mettre à ma place et placez-vous où cela correspondait.Je l'apprécie trop pour faire des erreurs qui l'auraient blessée... elle... Bon, je ne sais pas comment dire.

« En mon honneur ?

« Je ne voulais pas dire grand-chose. Vous êtes au-dessus de tout malentendu, mais je... je...

« Tu as eu peur que cette amitié d'enfance n'aille plus loin en toi et tu as essayé de te freiner en ouvrant un fossé entre toi et moi, n'est-ce pas ?

Il se raidit en l'entendant et, la fixant, demanda :

« Est-il nécessaire que je l'avoue comme ça ?

« Si c'est vrai, pourquoi pas ? Cette attitude vous honore.

Eh bien, c'est vrai. J'avais peur d'être emporté par cette attirance et ... j'ai essayé de ne pas sortir de la ligne. J'espère que tu ne me censure pas...

« De quoi aviez-vous peur ? Que mon père vous rejette ?

« Que c'est vous qui m'avez donné le coup de grâce en m'arrêtant les pieds et en blâmant mon audace.

"Et si je m'étais trompé ? S'il n'en avait pas été ainsi, que penseriez-vous ?

Lui, rouge d'émotion, s'écria ;

Que voulait dire Barbara ?

"Je t'ai posé une question... Réponds-y...

"Oh !... Si j'avais su que j'avais tort et que j'ai perdu l'occasion d'être l'homme le plus heureux de la terre, je me serais jeté dans la rivière comme un idiot.

"Dans ce cas, attendez qu'il soit plus sec et que l'eau n'atteigne pas votre cou pour le faire.

Saul, l'entendant, bondit comme un chat et, la saisissant par les bras, s'écria d'une voix rauque :

« Barbara, par tous les saints ! ... dis-moi ... dis-moi que je n'ai pas eu tort d'interpréter ces mots et que tu ... tu ...

« Imbécile ! Tout ce que vous avez, en tant que bon contremaître, c'est simple de rencontrer des femmes. Voulez-vous que je dise quelque chose de plus insultant ?

Il l'attira à lui, la prit dans ses bras et d'une voix brisée, il cria :

"Oui, dis-m'en plus, dis-moi tout ce qu'il y a de plus insultant, parce que je le mérite. Mais plus tard... plus tard, dis-moi que tu m'aimes comme je t'aime depuis que le désir de vouloir être aimé s'est éveillé en moi !

Elle ne répondit pas, mais elle l'embrassa sur le front et il lui rendit le baiser avec un son qui aurait envié le boom d'un « Colt ».

FINIR